『君は勇者になれる』
才能ない子にノリで言ったら
覚醒したので、
全部分かっていた感出した

▶リンリン・
フロンティア
『賢者』、『神の子』の二つ名を持つ、
ダンのかつてのパーティメンバー。
ダンに心酔している。
▶ダン
歴代最強の勇者。
日常が恋しくなり、
後継者を探して引退を目指す。

キャンディス・エレメンタール
弟子候補のひとり。ダンのことを好きすぎるがゆえに、勇者になれば自分のものにできると思っている。
タミカ・トレルバーナ
弟子候補のひとり。勇者の血を引く本国の第一王女。口は悪いが、ダンへの尊敬は本物。
ウィル
平凡な村の平凡な少年。ダンが気まぐれに最初に弟子にした。

CONTENTS

Illustration 徒歩

Design AFTERGLOW

『君は勇者になれる』才能ない子にノリで言ったら覚醒したので、全部分かっていた感出した

流石ユユシタ

角川スニーカー文庫

23884

本文・口絵イラスト／徒歩
本文・口絵デザイン／ＡＦＴＥＲ ＧＬＯＷ

プロローグ

「流石《さすが》です！　勇者様！　全てこうなることが分かっていたんですね！」

「う、うむ。も、勿論《もちろん》、と、当然だ」

『弟子』が俺にキラキラした眼《め》を向ける。俺のとある弟子は……今、正に勇者として世界に知らしめられた。

「勇者を継承するときか……」

「感動です!!」

「勇者ダン万歳！　新たなる勇者も万歳!!」

数多《あまた》の人々が『勇者ダン』、つまりは俺から『とある弟子』に勇者の称号が継承された事を喜んでいた。

「本当にあの時、貴方《あなた》と出会ってから人生が変わりました……貴方には一体、どこまで見えていたんですか？」

「……す、全てだ」

「さ、流石です！　勇者ダンには全てを見通す目があると聞いたことがあるのですが――」

正直に言おう。『弟子の一人』よ、お前に声をかけた時、俺はさほどお前に期待をしていなかった。

本当に適当に勘で、声をかけたんだ。ノリでそれっぽい事を言っただけなんだぜ？

いや、そんなピュアで純粋な眼で俺を見ないでくれよ……。

まさか、俺もあんな出会いからこんなことになるとは思ってもみなかったんだ……。

あの時声をかけた数人の中から、勇者の後継者が生まれるなんて……。

第一章　勇者、弟子に声をかける

――時間は、数年前に遡る。


異世界転生というのを知っているだろうか？　ほら、ウェブ小説とか漫画とかでよくあるジャンルの物語であるやつだ。

一度死んだ人間が別世界で再び生を受けるというよくある話とも言えるかもしれない。

空想上の物語と思われた、転生という概念。信じられないが、そう、俺も転生をしたのだ。

驚くことに元は現代社会で学生をしていたのだがトラックに轢《ひ》かれて、気づいたら魔法のある中世ファンタジー世界で赤ん坊になっていたのだ。

とある村の平民の息子、父と母と思われる二人の男女の顔が最初に見た景色だった。

俺は凄《すご》く驚いた。どこにでも居るような平々凡々の男子高校生だった男が、死んだと思ったら次の瞬間に赤ん坊になっていたからだ。

しかし、驚きよりも喜びがあったのも事実だ。所謂《いわゆる》魔法、そういったファンタジーは男子なら誰もが憧れる。当然俺も凄く憧れた。転生した世界には勇者と言われる伝説の存在も居たので尚更《なおさら》気持ちが沸いた。

やっぱりさ、勇者とか魔法使いとか英雄とか、ずっと好きだった。厨二病であった時期があったさ。学校にテロリストが来たらどうやって回避しようとか思っていたさ。だって、男子高校生ってそんなもんだろ？　たくさん妄想したし、魔法で活躍する自分を想像していた。

だから、これから素晴らしい異世界生活が待っているのだと思っていた。憧れに胸を打つような冒険が待っていると……。

しかし、現実は非情であった。まずは才能が無かった。剣の才能も魔法の才能も、明らかに俺だけ空っぽだった。

だが、それはまだいい。それよりも問題なことがあった。

――顔がフツメンであったのだ。

前世でもフツメンだった俺。流石に異世界ならイケメンになれると思っていたのに。顔ガチャで顔面ＳＳＲを引くことは死んだとしても俺はできなかった。

そして、剣や魔法の才能がないというのも問題だった。だが、必死に頑張った。色んな人に才能が無いと言われたが、それを真に受けずに頑張り続けた。必死に頑張り続けた。中々、芽が出ない毎日を繰り返した。

そんな時だ、とあることが世界中で騒ぎとなった。それは魔王が復活をしたという知らせである。中世ファンタジーという事もあって、やはり魔王も存在していたのだ。

勇者の誕生を世界は待った。魔王が絶望なら、勇者は希望。テンプレ的な善悪の二分性であるがそれも俺は好きであったし、もしかしたら俺が勇者かもしれないって期待をしていた。

その頃から、俺は冒険者として活動を始めた。魔王軍との戦いに俺も身を投じたのだ。周りには顔が良い人が多く、フツメンの俺は肩身が狭かったので鉄仮面を被って冒険とかしながら頑張り続けた。

必死に、必死に時代を駆け抜けた。一度でいいから何か一つを頑張ってみたかったのかもしれない。

前世では周りとの差に勝手に諦めていた。俺は無理だろって、どうせ頑張っても意味はないと一歩を踏み出さなかった。

だけど、そんな中で憧れだけはあったのだ。

やっぱりファンタジーの世界、憧れの勇者的なのになってみたい!!

それくらいしか頭に無かった。そして、あり得ないくらい頑張り続けて、数年が経《た》って気付いたら勇者になっていた。

仲間も気づいたらいた。

勇者パーティーとか言われて、魔王も討伐した。英雄みたいな存在に俺はなったのだ。嬉《うれ》しかった。人から感謝されるのは嫌いではなかったから。だけど、それだけではなかった。

魔王がまた復活した。他にも魔王が現れた。いや、どんだけ魔王現れるんだよって思っていたけどしょうがないと思って倒しまくった。嘗《かつ》ては手こずった魔王も作業ゲーのような感覚で倒すようになっていった。

そして、30歳を超えても俺は勇者と呼ばれていた。

『流石勇者!!』

『勇者様!!』

流石に……飽きた。そして疲れた。あんなにやる気に満ち溢《み》《あふ》れていた10代の頃の俺はどこに行ってしまったのか。

それは俺にもわからない。勇者はいつまで続くのだろうか。魔王は一体いつまで現れるのだろうか。

20代後半の頃にはそんなことを日々考えていた。

勇者と言っても、良いことばかりでもないし……。救えない命があった時なんかは、何でもかんでも俺のせいだ。

一部の人間は言う。勇者なのだから、救え。勇者なのだから、戦え。面倒だし、普通の生活がしたいと思った。

前世でのサブスクでアニメや映画、ドラマを見たりする日常が恋しくなった。いや、日常ではない。非日常が恋しくなったのだ。嘗ては憧れていたファンタジーが今では日常になってしまったのだから。

勇者、辞めたい……。でも、そう簡単にも辞められないのだ。俺という存在が、平和の抑止力になっている。俺が辞めたら世界がどうなるのか、俺は知っている。

そう簡単に辞められない……。

どうしたものか……その時、ハッとした!! 要は、勇者がいればいいのだ。

育てよう……。新たなる勇者を……。

俺に代わる抑止力を育てよう。

そう思い立ったら俺は早かった。既に三十路《みそじ》であるが動きは未《いま》だに速い。まずは勇者の才能がある若い子に声をかけることにした。

詳しくは知らないが、昔は俺以外にも勇者は居たようなのだが、大体が最初は『落ちこぼれ』であったりすることが多かったらしい。

確かに俺も昔は落ちこぼれだった。というわけで、落ちこぼれに声をかけようと思っていたら、それっぽい奴《やつ》を見つけた。

夕方に田舎の村で必死に剣を振る少年……正直に言うと、とんでもない程に動きにキレがない。すごくダサいし、正直弱々しい。才能を一切感じさせない。

でも、俺も昔あんな感じだった気がする……あそこまで酷《ひど》くはなかったけど……。

まぁ、いい。良い感じに落ちこぼれみたいな感じは出ている。それに勇者としての俺の勘が言っている、アイツは大成すると！


「おい」

「あ!!　え!?　あ、あの、も、もしかして勇者様!?」

「だったらどうした?」

素振りをしていた彼は俺に気が付いたようだった。すると彼は急いで俺のもとに駆け寄ってきた。

「あ、あああああの！　ぼ、ぼぼ僕は！　あ、貴方にあ、憧れておりまして!!」

「そう言う奴は今まで何度も居たな」

「ですよね!!　貴方は世界で一番の英雄ですし」

「ふっ、確かに俺は世界で一番の英雄だな」

「う、うわぁぁぁあ!!!　噂《うわさ》通りの傲慢さ!!　本気で世界で一番自分が強いと思っているんだ!!　すげぇぇ!!」

前世では謙虚であったが、二度目の人生という事もあり同じ人生を歩んでも面白くない。だから、俺様系のキャラで通している。

――しかし、そのせいで誰にも素顔を見せられないというジレンマに陥ってしまっている。だって、『フツメンの癖に俺様系キャラ』やっていたの？　と突っ込まれるのが恥ずかしすぎて怖いからだ。

だから、常に鉄仮面を被り、親以外に素顔を見せたことはない。

「あ、握手してもらっても？」

「一生洗えなくなるぞ」

「寧《むし》ろそれを自慢して生きていきます！」

いや洗えよ。

「その、聞きたいことがあって……質問してもよろしいでしょうか？」

「いいだろう」

「ぼ、僕、貴方《あなた》みたいになりたくて……ずっと、頑張ってきたんですけど……でも、周りは皆、僕なんかじゃ……」

あー、何が言いたいのか大体わかった。俺みたいになれるかって聞きたいのか？

「ぼ、僕でも勇者に、英雄に……なれる、でしょうか？」

「お前次第だ。俺には知ったこっちゃない」

「で、ですよね……」

「ただ、俺もお前みたいに弱かった時期があった。まだ若いし諦める必要もないだろう」

さてと、早速だが本題に入ろう。

「俺は……後継者を探していたんだ」

「こ、後継者……？　な、なんのですか？」

「そんなもの、勇者に決まっている」

「ゆ、ゆゆゆゆゆ勇者!?　の後継者!?」

「声が大きい、誰かに聞かれたらどうする」

「す、すみません、で、でもどうして？　歴代勇者の中でもっとも強くて、最強って言われている貴方が……」

「確かに俺は自他共に認める最強だ。だがな、俺の体は徐々に本来の力を失いつつある」

「そ、そんな……ど、どうして!?」

「俺は魔王との戦いで、呪いをかけられたんだ」

「――――ッ!?」


一から十まで全部嘘《うそ》である。ぴんぴんしとるわ。体は未だに若いし、滞ることなく動く。この間、ジャンプしたら宇宙まで行けたわ。


「そ、そうか、呪詛《じゅそ》王ですね！　別次元から現れた魔王の！　確か息すら大樹を枯らすって言う……とんでもない魔王!!」

あ、確かそんなのも居たな……。一太刀で倒したけど……。うんまぁ、そういう事にしておいた方が必死に頑張ってくれそうだしね。

俺の後を継ぎたくなってもらわないといけないのだから、シチュエーションを大事にして声音を渋くしないとな。

「その通りだ。よく分かったな」

「ほ、褒められた!!　勇者様に!!　僕もう死んでもいいです！」

「お前には生きてもらわなきゃ困る。言ったはずだ。後継者を探しているとな」

「……ま、まさか、僕ですか？　ぼ、僕に？」

「それはお前次第……」

「ぼ、僕が……勇者に……」

わなわなしているな。だが、気持ちはわかる。俺も昔はそんな風にワクワクしたりしていたからな。

「あくまで可能性の話だ。なれるかはお前次第……だが、俺は可能性を感じた」

「ぼ、僕に、可能性を……」

「俺の勘が外れた事はない。気合入れて走ってみろ」

結構外れる事あるけど、まぁ気にしなくていいだろ。眼《め》の前の子はすごくやる気になっているし……。

「うぅぅぅ、ぼ、僕にぃ、そんなこと言ってくれるなんてぇ……あの勇者様がぁぁぁ」

泣いてしまったよ。どんだけ、俺のこと好きなんだ……。

——しかしながら、お前以外にも六人くらいに声をかけようと思っているのだけど……。

いや、だってさ？　競馬だって一頭に全額投資よりも分散させて、投資するだろ？　一人に全額投資をするより合理的だ。

「あ、あの！　ぼ、僕、頑張ります!!」

「うむ、期待しているぞ」

「僕が後継者に……」

他にも後継者候補を作ろうと思っているのは……言わなくてもいいや。モチベが落ちそうだしね。

そうだ、明らかに才能がなさそうとはいえ、一応聞いてみてもいいかもしれない。

大体、落ちこぼれとか言っても何かしら光るものがありそうな気がする。それにこの子は昔の俺に似ているしね！　なにかあるよね!?

「それで？　お前は何が得意なんだ？」

「え、えっと勇者様に言うのは恥ずかしいのですが……自分では剣術が得意だと思ってます……」

え？　さっき素振り見たけど、とてもじゃないが得意と言えるレベルではなかったような気がするけど……。

「他にはあるのか？　魔法が使えるとか」

「いえ、魔法の才能は全然なくて……ただ剣術にはちょっと自信があります！」

「そうか……」

自信あるのか……。すっごくダサかったけど。

「実は僕……『勇者ダンのパーフェクト剣術講座』という本を読んで、七年ほど剣術を磨き続けてるんです」

「……それでなにかしらの成果は得られたか？」

「いえ、まだスライムにも勝てないです」

だろうな。だって『勇者ダンのパーフェクト剣術講座』なんて本は俺は知らない。

「それは偽物だ。俺は誰にも剣術を教えた経験はない」

「……え？　えええええええええええええええええ!?　に、偽物!?　この本が!?　五万ゴールドして、両親に土下座して骨董品《こっとうひん》屋で買って貰《もら》ったのに……え、つまり僕は偽物の本で七年も浪費をしてしまった……？」

ポンコツ過ぎやろ……。

「で、でも、これから本物の勇者様に剣を教えてもらえるから……」

……ちょっと待って。なんかこう、落ちこぼれだけど、物凄《ものすご》い魂を持ってる奴みたいな？　実はちょっと才能がまだ世間に知られていない、評価されていない落ちこぼれを期待していたんだけど。

こいつ落ちこぼれというよりただのポンコツなのでは……？

七年も偽物の本で訓練して、それに気づかないって……ちょっと馬鹿と言うか……魔法も使えない、気弱な性格……うん、勇者の才能ないかもしれない！

この子に貴重な時間を割いて稽古をつけるのは止めた方が良いな……うん、弟子は降りて貰おう。こいつは伝説の勇者と言われた俺でも救えない。

「おい、弟子だが――」

「――そうだよ！　これから本物の勇者様に剣を教えてもらえるし!!　僕はこっからだ！　だって、本物の勇者様に後継者として才能アリって言われたし……うぅぅ、こんな落ちこぼれの僕に声をかけてくれるなんて……」

こんな泣いて喜んでるのに、弟子やっぱりやめてくれ、って言うのはなぁ……言いづらいなぁ。

——まぁ、ガチで才能ないけど、ちょっとだけ面倒見るか……？

競馬でも大穴狙いで大したことない馬に賭けて当たることもあるしさ……。

「勇者様！　これからお願いします！」

「……うむ」

「やったぁ！　あ、そうだ！　実は勇者様が以前出された『俺の勇者パーティーの話』という小説で気になる所がありまして！　質問を——」

——その本も偽物やぞ。

現在の弟子候補、ウィル。黒髪に黒目の少年、黒髪と黒目は俺と同じなのだが、違うのが顔面偏差値である。アイツはかなりのイケメンだ。身長は大体165センチ。こいつは俺が絶対に許せないイケメンだが、俺への憧れとリスペクトを感じるので、ギリ許せるイケメンだ。

ギリ許せるイケメンだ。俺は基本的にイケメンは嫌いだからな。でも、俺のファンだから許す……。それはさておき、弟子として、後継者としての評価は正直なんとも言えない。才能がないかはともかく、偽物の本で学んだせいで剣の癖がすごい事になっている。これでは戦えないし、周りから落ちこぼれと言われるのも正直納得と言えば納得だった。

だけど、頑張ろうとする気力は本物だ。見ればわかる。あの剣の素振りをした事で出来る血豆。

それが固まって手の皮が厚くなっていた。剣を振って努力を重ねているというのは真実であり、やる気は感じとれた。

取り敢《あ》えずウィルは保留という感じにしておこうか。

次の弟子はガチで才能ある奴《やつ》にしたい。そこでだ、俺が次に目をつけたのは、俺が住んでいる国の王の子供達だ。

なぜ、王の子供に目をつけたのかと言うと歴代勇者の子孫だからだ。現代の勇者は、この俺であるのだが、歴代勇者のほとんどは、このトレルバーナ王国が輩出してきたのだ。

初代勇者がトレルバーナ王国の姫と結婚し、子供を儲《もう》けた。二代目や三代目の勇者もこの国の姫と結婚して、勇者の血がすごく濃くなったらしい。

四代目勇者はトレルバーナ王国の王子が勇者となり、そこからは優秀な武芸者などに嫁いでもらい更に遺伝子を強くしているとか。

勇者の国、とも言えるのだ。俺はちょっと例外なんだけどね。俺はこの国出身の勇者と言えるが王族とは何も関係ないところから生まれた。だから、国王とかは面白くなかったらしい。

すごい嫌《いや》みとか沢山言われた事もあり、結構嫌いなのだが、嫌いなのは国王だけだ。無《む》垢《く》な子供まで嫌っているわけではない。

王子が三人、王女が一人。その中の一人を弟子に考えている。歴代勇者の血を引いているから才能あるだろうし、後継者として押し付けるための箔《はく》も申し分ない。

というわけで王都にやってきました！　演説をするために訪れたりすることも多い、この王都には大きなお城がある。

トレルバーナ王国国王、王族達が住んでいる大きな王城だ。

城下町も広いし、人々がたくさんいる。王子と王女を探したいけど、どうしたものだろうか。勝手に城に入るのはダメだろうし。かと言ってこの広い城下内を探していたらキリがなさそうだ。それに顔も見知らないのだし。

ブラブラと歴代勇者の血縁者を探していると、路地裏から声が聞こえてきた。

「おいおい、こんな所に第一王女様がいるぜぇ？」

「悪いな、王女様、アンタを捕縛させてもらうぜぇ？」

柄の悪そうな二人の男の声が聞こえてきた。気になって路地裏を見ると案の定と言うべきか、ボサボサ髪に鋭い目つき、雰囲気がヤンキーな二人組が少女に絡んでいた。

「お前らはアタシに喧嘩《けんか》をうった。ボコるぞ、こら」

ほぉ？　言うじゃないか。一対二という状況であそこまで堂々と言えるのは素直に感心だ。不利な状況というのによっぽど実力に自信があるのかね？

あそこまで啖呵《たんか》を切るなら、これは止めに入る必要はないかもしれない。

泰然自若といった表情の絡まれている少女。歳《とし》はウィルと同じ15歳くらいだろうか。髪の色は珍しいマゼンタ色、肩ほどに伸びている短髪だ。目の色は真っ赤で優しそうだがどことなく覇気を感じる気がしなくもない。

左目の位置には黒い布が巻いてある。片耳に剣のピアスをしている。

特徴的な格好だ。鉄仮面を被っている俺が言えることではないが……そして、堂々としている態度、それなりの強者なのかもしれない。

「そう言うなよ。俺たちはさ、第一王女であるお前を捕らえろって依頼が来てるんだよ」

「アタシを捕らえる？　誰がそんなことを言ってんだ？」

「さぁな。前金で多額の金だけもらったから知らねぇ。だが、捕らえれば前金の倍をくれるってさ!!」

「それで、アタシをこんな所に呼び出したのか。こんなラブレターで虚偽の情報を書いて」

どうやら、ラブレターによってここに少女は呼び出されたらしい。あれ？　あの柄悪そうな女、第一王女って言ったか？

「まぁ、嘘《うそ》の可能性もあったが。本当だったら断りを入れてやらないと申し訳ないと思ったらお前らみたいなクソがいたと。このアタシを第一王女、タミカ・トレルバーナと知って、やったんだ。ぜってぇにボコる」

タミカ・トレルバーナ!?　アイツがか!?　ほうほう？　どうやら確かに雰囲気は感じられる。控えめに言っても美少女と言えるような女の子。

あの自信満々の表情。堂々としている態度。現役で勇者をやっている俺に通ずるところがある。

よし、弟子にしよう。あれこそ俺の求めていた弟子だ。やっぱり勇者の弟子は勇者の子孫だよねぇ？

あのヤンキーを急に現れた俺が華麗に倒す。その姿に感激をした彼女に弟子入りを提案する。最高だな。

俺はフツメンを隠す鉄仮面を被って、唐突に上から降りた。

「だ、誰だ、てめぇ!?」

「おいおい、まさか、その鉄仮面……」

「……俺が誰か、分かったか？」

俺様系キャラの口調で二人に告げた、後ろにいる弟子候補のタミカも目を見開いている。

「お前は……まさか……」

颯爽《さっそう》と現れた俺に驚いてるなぁ。勇者だからね、当然であろう。

「少し、この女に用がある。お前達は退け」

「お、おいここは退いた方が」

「阿呆《あほう》が！　本物って保証はどこにもねぇだろ。この男が、『歴代最強の勇者』である勇者ダンって保証は！　本物を騙《かた》る偽者だって可能性もあるだろうが!!」

「そうだ、な。可能性はある、やるか!!」

二人揃《そろ》って、襲い掛かってくるので軽く気絶させてやった。

「……お前、勇者ダンなのか」

「あぁ」

「そうか、アタシの名はタミカ・トレルバーナ。この国の第一王女だ」

「知っている」

「そうか。お前ぐらいの男なら知ってても当然か。全てを見通す心眼を持ってるって話だしな」

　いや、心眼とかまるで知らないし、さっき勝手に盗み聞きして知っていただけなんだが、黙っておこう。

　俺の勝手な噂《うわさ》とかは今に始まったことじゃないしな。

「アタシはさ、お前に会いたかった」

「そうか」

「一つ、頼みを聞いてくれ」

「なんだ？」

「アタシを、タミカ・トレルバーナを弟子にして欲しい」

　ええええええ!?　俺の弟子に!?　めっちゃタイミングがいいじゃん！　ちょっとタイミング良すぎるけど、俺って勇者だし、なんだかんだで運がいいんだろうな！

「うむ、俺もそうしようと思っていた」

「そ、そうか！　アタシを弟子にしてくれるのか！」

「あぁ」

　結構、喜んでいるな。思ったよりも感情的な女なのか。

「アタシを、弟子にか……ふっ、やはりアタシは運命に愛されているな。ずっと歴代勇者の血筋だというのに、才能がないと言われていた」

「ん？」

「剣も魔法も、三人の兄に全く及ばない。知っていると思うが、歴代勇者、それだけでなくあらゆる武芸の才に秀でた者達をこの国では王族の血筋に組み込んでいった。その中でもアタシはその血筋に泥を塗るのではないかと言われるほどに、弱かったんだ」

「ん？」

「いつもは、強がっているが本当は劣等感があったんだ。アタシは歴代勇者の恥、兄達のようになれない出来損ない。クソ親父《おやじ》はこの国から、王族の血筋から勇者を出したかった。そんな中でアタシは……」

え？　すごい暗い話になっているんだけど。それに才能ないの？　あると思って声をかけたんだけど。

無いなら弟子の誘いをクーリングオフしようかな。

「この話は有名だし、お前ほどの男なら知っていて当たり前だと思う。それなのに、アタシを弟子にしてくれるというのは、正直、嬉しいっていうか。……あぁ、アタシにもまだ、諦めなくて、良い理由が……絶対に必ず……」

えぇ……すごい感極まった感じを出してくるんだけどこの弟子。これ、

『才能ないの知らんかったんや、弟子にするのはやめるわ。すまんな。ほな、そういうことで』

とか言って立ち去るの無理だろ。マジかよ、また訳わからない弟子を引いてしまったのか。

「あの、弟子はやっぱりなかった事に……」

「アタシは絶対に……」

あ、これ言えない。なんかすごい因縁がある感じだし、感慨深く青空を見上げている。

歴代勇者の血筋に泥を塗る王女か……ま、まぁ、前世で読んでいた漫画とかならここから覚醒するという展開があったような無かったような。

ま、まだ、才能ある可能性もワンチャンあるよね？　うん、二割くらい期待をしておこう……今度こそ、ちゃんとした弟子を見つけてやる!!

現在の俺の弟子。

黒髪イケメン、だが気弱で七年俺の偽者の本で修行して、変な癖がつきまくった平民のウィル。

Ｎｅｗ↓歴代勇者の血筋に泥を塗るとまで言われた、第一王女タミカ。

第二章　勇者ダンという男

勇者という役割を押し付ける為《ため》、もとい、次世代の後継者を育成するために俺はイシの村という場所でウィルの稽古をしていた。


「おい、足が隙だらけだ」

「はい！」

「頭も隙だらけだ」

「はい！」

「全身隙だらけだ」

「は、はい！」


ある程度打ち合って分かったが文字通り才能がない。

まぁ、七年も俺の偽者の剣術本を見て訓練をしていたらしいからね。変な癖も付いてるし。


「あ、あの」

「どうした」

「ゆ、勇者様の素顔は誰も見たことないって聞いているのですが……本当に誰も」

「あぁ、その事か。確かに俺の顔は嘗《かつ》てのパーティー仲間も見たことはないな」

「だ、誰にも明かさないいんですね」

「明かさない、というより明かせない、という方が正しいだろうな」

「そ、そうか……そういう事か」（自分の情報を隠すことによって己を悟らせない為、身内を人質に取られないように敢《あ》えて伏せているとかだろうな！）

隣で腕を組んで後方師匠面していたら、水を飲んだウィルが話しかけてきた。あー、その事か……。

確かに俺の素顔を知る人はほぼいない。何故《なぜ》なら俺はフツメンで気になり、更に周りにはイケメンが多いから、つい肩身が狭くなり鉄仮面を被ってしまったのだ。

ウィルも鉄仮面を被っているから俺と同じフツメンかと思いきや、黒髪黒目のまぁまぁイケメン、この世界って顔立ち整ってる奴《やつ》が多いんだよなぁ。尚更《なおさら》肩身が狭い狭い。

俺は前世と同じ生き方が詰まらないと最初は思っていたから『俺様系』キャラをやっていたけど……もう一個理由があって、一緒のパーティーで過ごしていた妖精族《ようせいぞく》の魔法使いの女の子が好きで、アピールをするためにやっていた。

だが、フツメンを隠すために鉄仮面を被り、それなのに俺様系キャラやっていたから、素顔を出すに出せなくなってしまった。俺様系が許されるのはイケメンだけなのだ。

思い出すだけでパーティーでの肩身の狭さには萎える。四人パーティーなのにボッチだよ。

「そうですか。あ、あの訓練の時間をもっと増やして貰えますか？」

「それは出来ない、七日に一回、これが限度だ。俺も暇ではないのでな」

「ですよね、すみません、無理を言って」

あ、それも無理だね。お前以外にも勇者後継者候補が居るから。大体週一、七日間を一人ずつ割り振る感じで育てて行きたいと思っているのだ。これを曲げるわけにはいかないのだ。

「いや、心意気は悪くない。それよりほかに何か言いたいことがあるのか？」

「その、勇者様って年齢は幾つですか？」

「それを聞いてどうする？」

30歳ですけど？　そろそろ親に結婚しろって真面目な顔して言われてる年頃ですよ。この世界だと完全に晩婚に足を突っ込んでおり、行き遅れである。

その後、俺は朝からウィルをボコボコにしておいた。だが、まだ終わらない、みっちりしごいてやるからなー。才能はそこまで期待していないが面倒を見ると言ってしまった以上は多少はしっかりしないといけない。

そして、勇者である俺は暇ではない。今日はウィルの修行だが……。

明日は勇者として騎士育成校という学校で演説をしなくてはならないのだ。

本当に怠《だる》い……。魔王を倒して報酬として王様から沢山お金を貰《もら》ったのに、一生遊べるくらい持っているのに未《いま》だに酷使をされている我が身。

「勇者様の演説、僕も聞きに行きます」

来ないで。

この世界において、勇者ダンの名を聞いたことがない者はいないだろう。生きる伝説、歴代最強の勇者、番外の存在。

数多《あまた》の異名を持つ戦士、多種多様な種族が存在する世界において頂点。圧倒的な実力、何よりも実績。

特に彼の生きた時代は魔王が歴史上最も多く発生していた時代だ。その時代を彼は駆け抜け、平和を保ってきた。勇者ダンが倒した魔王の数は他の勇者よりも遥《はる》か先に行っている。

そんな彼には仲間がいた。主に四人。

一人、妖精族《ようせいぞく》の魔法使い。リンリン・フロンティア。『賢者』、『神の子』とも言われる天才魔法使いである。歳は27歳、彼女は勇者ダンと最初に出会った勇者パーティーメンバーである。

二人目、サクラ・アルレーティア。『覇剣士』の異名を持つ剣士だ。アルレーティアという家名はトレルバーナ王国の中でも特別である。『四大貴族』と呼ばれている特別な家系の一つだ。

彼女は勇者ダンとリンリンが旅をしている時に突如として現れ、パーティーに加入したと言われている。

三人目はカグヤ。『光拳《ライトフィスト》』の異名を持っている格闘家だ。

四人目にエリザベス。精霊族と言われる種族であり、特殊な実力を持ち合わせていると言われている。

さて、その中でもリンリン・フロンティアについて話をしよう。

勇者ダンと彼女の出会いは最悪であった。

かたや、鉄仮面を被り俺様系を演じる男。かたや、物凄《ものすご》く尖《とが》っているツンデレ美女。しかも彼女は妖精族の王族だった。お転婆《てんば》姫とすら呼ばれていた。

二人は偶々《たまたま》出会い、運命に導かれるように喧嘩《けんか》をした。なんとなく流れでパーティーを組んだ。

結成当時、勇者ダンは最弱で、反対にリンリン・フロンティアは魔法の天才だった。

圧倒的存在感を放つ彼女と見窄《みすぼ》らしいダン。当初はつり合いの取れていないパーティーを解散させるべきという声が多かった。

しかし、ダンは努力し、勇者にまで上り詰めた。そして、リンリンはそのひたむきな姿に、あっさりと心奪われ恋をした。


——夢を見ている。あの、見えないほど前にあって。見えないほど後ろにあって。気づいたら見えないほど前にあった。激動の日々の。


リンリン・フロンティアはベッドの上で目を覚ました。うとうとしながら体を起こす。綺麗《きれい》な金色の髪の毛が揺れる。綺麗なぱっちり碧眼《へきがん》はまだ眠たそうにうつろだった。

寝巻きから着替えて身だしなみを整える。彼女は王族で妖精族の第二王女。身だしなみには気を遣うのだ。

赤色のドレスに身を包んで、髪型を整え、顔を洗い、歯磨きを終える。彼女は王族だけが入れる大きな部屋に入った。そこでは彼女と似た容姿の女性が優雅に紅茶を飲んでいた。

「ママ、おはよ」

「わらわのことはお母様と呼べと言っているのじゃが……それでリン。いつになったら勇者と結婚するのじゃ？」

そう母親に言われたリンリンは露骨に顔を顰《しか》めた。ぷいっとそっぽを向いて一切母親と目を合わせない。

「アタシは、ダンと結婚する予定だから……」

「そう言って十年以上経《た》っておるのじゃが……わらわとしては勇者ダンと結婚ができるのであれば応援しよう。しかし、リン、十年以上全く関係が進展した話を聞かないのじゃが」

「あ、アタシ達は、のんびりやってるの。でも、着実に進んでるから、今年こそ婚約する……予定よ」

「予定、か。勇者ダン、あの者はまさに生態系の頂点にいるような男じゃぞ。魔王サタンを倒してから今日に至るまで数多の貴族や王族が婚約を申し出る予定だったらしいしのぉ」

「らしいわね。でもダンは鉄仮面被ってて素顔を見せない。家の場所も誰も知らない。だから、結局誰も申し込めなかったらしいし」

「秘密主義の男よ。変わったやつじゃな」

「ダンはあえて素顔を出さないことで親族の身に危険が及ばないようにケアしてるのよ。情報を伏せて、手の内を見せない頭のいい男なの」

「ほほほ、隙のない男じゃな。力、富、名声、全てを持っていてなお驕《おご》らぬのだから歴代最強と言われても当然じゃの」

リンリンと彼女の母親は勇者ダンについて語る。長年一緒に旅をした彼女でさえ、勇者がフツメンに悩んでいるから鉄仮面をしているという事実を知らなかった。

「あれほどの男なら数十人くらい女を囲っていると思うがの」

「ないわ。絶対」

「財産は世界の半分のお金と等しいと言われておるしのぉ」

リンリンは食い気味にダンには特定の相手がいないと否定する。その様子をほほと笑いながら彼女の母親はかすかに目を細めた。

(とは言うが、勇者ダンがリンと結婚すれば我が国、妖精国フロンティアは世界情勢を握れる。魔王が新たに現れてもあの男なら赤子の手をひねるように潰す。魔王を倒せる男がいるとなれば各国も勇者の助けが欲しくて、我が国に友好的になるじゃろうて。まぁ、結婚できればの話じゃが。リンも良い歳じゃ。他の息子や娘は全員結婚をしておるし。どうしたものかのぉ。王族としてどこにも嫁がぬ、若しくは婿を貰わぬというのは難しい。勇者ダンが結婚してくれれば問題もないのじゃが、はてさて、どうかのぉ）

気難しい顔をしながら娘であるリンリンを見る。彼女は背伸びをしながら何食わぬ顔で席を立った。

「アタシ、予定あるから行くわ」

「そうか」

「これから王都トレルバーナで演説があるの」

「またか。好きじゃのぉ、あの国は。勇者の威光を知らしめる演説が」

「ダンもくるから。多分、そこで告白されるわ」

「無理じゃろうて」

「できるって！」

リンリンはそう言って部屋から出て行った。残された部屋で紅茶を啜《すす》りながら母は娘の将来を深く考えた。

リンリンは家を出て、魔法で空を飛んだ。そして、王都に辿《たど》り着く。王都トレルバーナは勇者の伝説が残る大きな国の中心。

勇者ダンはこの国の王族ではないが、歴代勇者を出してきたこの国は勇者を強く主張するのだ。そして、そんな彼と一緒に旅をしていた仲間も当然、強く主張をする。

勇者パーティーによる、演説。どのように世界を救ったのか、強さの秘訣《ひけつ》などは。などなど何度も何度も同じ話をするのだ。ウンザリしている彼女であるが、ダンと会える唯一の機会ともいえるので二つ返事でいつも参加している。

(ダンいつくるのかしら？　いつも遅れてくるけど)

リンリンは顔に布を巻きながら王都に入った。彼女は英雄の一人、身バレ防止の為《ため》である。ぽとぽと歩いていると、前から一人の男が歩いてきた。

容姿は普通、普通の中の普通だった。黒い髪、黒い目、身長は少し高い。本当に空気に溶け込んでいるような男であったが不思議と目を引いた。

「うーむ、弟子の育成をどうするべきか……」

ぶつぶつと独り言を言っている。リンリンはどうしたんだあの人はと、つい気になった。ダン以外に今まで興味を持つことがなかった彼女にとっては珍しいことだった。

勇者ダンとは文字通り、頂点。彼か彼以外か。そのレベルであるのだ。そんな勇者を間近で見てきた彼女は不思議に支配される。

この男は、なんなんだと。

強い雰囲気は感じない。普通、極々普通なのに。どこか、懐かしくもあり、弱そうでもないが強そうでもない。

なんとも言えない、謎な男。

そして、これが彼女にとって一番不思議だった。

（なんなの、こいつ。普通なのに、どこにでもいそうなのに。もし、戦ったとしたら「勝てるイメージ」が全く湧かない……）

リンリンが目の前でうーんと唸《うな》っているフツメンの男に注目をしていた次の瞬間に大きな声が響き渡った。

「強盗だ!!　盗賊ルルロイが現れたぞ!!」

（盗賊ルルロイって、かなり有名な盗賊よね。この王都で堂々と盗みを働くとか、舐《な》めてるわね。しかも今日は勇者パーティーが演説をする日だって知ってるはずでしょ。舐めてるのね）

リンリンがゆっくりと手のひらを屋根の上にいる男に向ける。盗賊ルルロイ、人族に分類される種族。勇者ダンやタミカ、ウィルと同じだ。鋭い目つきに黒い布で目元から下が見えない。

全身が黒い、ズボンや服も全部黒い。黒が彼の象徴でもあった。一瞬にしてあらゆるものを盗み、裏市場にて売り捌《さば》く犯罪者だ。

その俊敏性ゆえに誰も捕まえられない。

しかし、この場にはリンリンがいた。

「ふん、侮ってるわね。老風の槍《やり》……」

魔法、彼女がそれを使おうとした。老風の槍、初歩の初歩の魔法であるが彼女クラスであれば、初歩でも極大となる。異様な魔力上昇に盗賊も彼女の方を見た。

「遅いのよ」

彼女の魔法展開が先に決ま……。

「老風の槍」

彼女よりも先に魔法を展開していた者がいた。と言うよりも既に、盗賊にあたっていた。

弱い弱い風の槍、盗賊の腹付近に直撃し、盗賊は倒れる。彼女のはなった槍は当たらず遠くに飛んで行った。

「え……」

思わず絶句した。魔法のスペシャリスト、極めし者だけに与えられる称号「賢者」をもつ彼女よりも先に攻撃を決めたからだ。展開した時には既に終わっていた。あの俊敏な盗賊、更には勇者パーティーのリンリン・フロンティアすらも置き去りにした。

「おおおおお!!!」

「すごいぞ姉ちゃん」

「いやいや、助かったよ。ゴールドや魔剣を盗まれていてね……」

(今のはアタシじゃない。アタシの魔法は外れていた……アタシよりも先に魔法を構築して倒した奴《やつ》がいる)

周りの一般市民は認識できていない。それほどまでに速かったのだ。リンリンですら見逃しかけていたのだから。

そして、それを放ったのは……先ほどのフツメンの男。

ぱっとリンリンは先ほどの男を見た。彼は頭を捻《ひね》りながらトボトボ歩いて行く。盗賊を捕らえたことに興味もなく、自分が捕まえたと名誉も得ようとしない。

「ウィルもまた、変な本買ってるし……そろそろ新たな弟子、ちゃんとした弟子候補、どこで探すか。巨人族の弟子ってのもありか？」

一人で何かをぶつぶつ言っている。話しかけていいものか、彼女は迷った。人ごみがどんどん寄ってくる。それを躱《かわ》し、彼女はフツメンの男のもとに向かった。

「弟子候補……獣人族《じゅうじんぞく》でもありかもな。妖精族《ようせいぞく》はリンとかの国だし、手を出したらバレそ」

「待ちなさい」

「え？」

振り返った男、どこからどうみても普通。普通すぎて普通。フツメンの中のフツメン。

しかし、どこかで会ったような既視感が彼女にあった。

「さっき、魔法を使ったのはアンタね？」

「え、わかったんですか？」

「もちろんよ、だってアタシは」

「リン？」

「え？」

目の前の男に自己紹介をする前に先に名を当てられた。それに不思議な感覚を抱きながらも彼女は顔に巻いていた布を取った。

「よくわかったじゃない」

「魔力がそんな感じしました」

「ふーん」

「はい」

「アンタ、名前は？」

「えー、名前は、名前か。勇者ダンって、バレてないバレてないよーしよし、バレてたらどうしようかと思った。よかったー」

何やらまたしてもぶつぶつ言っている。しかも安心したようで天を仰いでいる。変わった男だなと彼女は思った。

「そうですね、『バン』です」

「バン？」

「はい、バン。ただのバン。平民です、どこにでもいる」

「どこにでもいる平民はあんな老風の槍は打てないわ。それに魔法構築の速さでアタシより上を行っていた。おかしいじゃない。アタシの仲間、勇者ダンですら魔法ではアタシに軍配が上がっていたわ。総合的な強さなら手も足も出ないけどね」

「あー。魔法構築の速さですか。あ、さっき魔法を俺の近くで展開してたのはリン、じゃなかった、リンさんだったのか」

「今更気づいたの」

「考えごとをしていたもので。まぁ、俺の方があの盗賊に早く気づいただけ。構築ならあなたが一番ですよ。対応速度が速かったのが俺ってだけでしょう」

「……そう」

さも当然というような表情だ。何もおかしいことはない。魔法構築の速さ、ではなく気づいてからの対応の差。

「……さっきの老風の槍。誰に教わったの」

「あー、知り合いの妖精族的な？」

「妖精族ね。確かに妖精族は魔法が得意だから教えるのも上手《うま》い人がいたのね」

「あ、はい。すごく上手かったです」

「アタシも昔、勇者ダンに教えていたのよ。あの頃のダンはね、本当に苦労したんだからら」

「あ、ごめんなさい」

「なんでアンタが謝るのよ」

「あ、はい、ですよね」

急におどおどしながら、気まずそうにするバン。こちらに目線を向け、何かに安堵《あんど》をするように頷《うなず》いて一礼をした。

「じゃ、そろそろ俺予定があるので」

「そう、せっかく王都トレルバーナに来たなら、勇者パーティーの演説あるから聞いておいた方がいいわよ」

「がっつり演者なんだよなぁ」

「え？」

「なんでもないです。失礼します」

そそくさと彼は消えていった。本当に変な奴だなと彼女が思いかけた次の瞬間。

「リン」

「きゃ！」

目の前に鉄仮面を被った男がいた。この声の低さ、重圧的な雰囲気、そして俺様感、こんな男を彼女は一人しか知らない。

「ダン、いきなり現れないでよ」

「お前の気配探知が優れていないだけだ」

「あっそ、相変わらず嫌《いや》みなのね」

「……バレてないよな？」

「なんか言った？」

「あぁ、俺という太陽が来たから空が快晴と言った、実に空は俺に気を遣っていて良いと褒めてやろうと言った」

「絶対言ってないでしょ。そんな長文」

鉄仮面勇者が現れて、リンリンはあることに気づいた。久しぶりにあったのにさほど、久しぶりと思わない。先ほどまで一緒にいたのではないかと思った。

（なにかしら？　この変な感じ……ダンって結構久しぶりよね……考えても仕方ないわ。アタシが聞きたいことがまず大事）

「アンタ、最近、どうよ」

「なにがだ」

「だから、その、結婚とか。ほら、推奨されてるでしょ。次世代に勇者の血がどうたらこうたらって」

「あぁ、それか」

「それよ」

「特に何もない」

「何もないって、なに？」

「そのまんまだ」

「特にって言葉が頭につくと、勘繰っちゃうんだけど。ほら、アンタが結婚しないのは勝手だけど、世界を救った勇者が独身とかどうなのかなって、心配してあげてるって言うか、元勇者パーティーのよしみだしね。ほら、あれよ、心配してあげてるのよ。だから、相談に乗ってあげてもいいのよ。恋人探しの」

（うわぁぁあああ。アタシの悪い癖、素直にお茶に誘えばいいのに。すっごく面倒な女になってる、わぁぁあああ!!!）

　リンは勇者ダンに好意を伝えようとするとパニックになってしまうのだ。昔からそうなのだ。それゆえに今に至るまですれ違っているのだ。

「別に問題はない」

「え？　いるの？　意中の相手？」

（どうしよう、これでダンがいるって言ったら。アタシ絶対泣く。27歳の世界を救った賢者であるアタシが泣く。27歳、27歳かぁ。ダンに意中の相手がいたら絶対立ち直れない。

引きこもりで、絶対他の人とも結婚できない。だって、ダン好きなんだもん。何年一緒にいて、好きだったと思ってるのよ。うわあああああ、聞きたくない。神様、時を戻して。あ、アタシ神様大嫌いだった）

「いない」

「あ、そう。ふーん。まぁ、焦ることもないいんじゃない？」

（わーい！　ばんざーい！　ダンってまだまだそういうところよ。恋愛難しいものね。しようがないわよね）

「まぁ、お勧めはさ、妖精族の、女の子とか？」

「なぜ妖精族になる」

「ほら、アンタ、強いからさ。妖精族との子供なら、魔法も超使えて、強くなりそうだし。世間はほら求めてるじゃない。アンタの二世みたいな」

「……実子に世界を背負って欲しいとは思わんな」

「……そうね、アンタってそういう奴だったわ」

（ダンって、こういうところなのよねぇ。ダンは世界で一番強い。圧倒的なまでに。でも、驕《おご》らないのよねぇ、口調は強かったり、なんかダサい、痛々しいって思う時はあるけど。優しい性格が滲み出てる。そこに惹《ひ》かれてしまった……）

しみじみと鉄仮面の男を見上げる。顔つきはわからない。今どんな顔をしているのかもわからない、だけど彼女は。リンリン・フロンティアは彼が世界で一番優しいのを知っていた。

（今しかない。今しか。ここでアタシが告白すればいいのよ。こんなにカッコいいんだから、いつ結婚してもおかしくはない。そうよ、勇気を出しなさい、アタシ）

「あの、ダン。今度一緒にお茶……」
「勇者君ー！　リンちゃん、久しぶりー！」
「勇者、相変わらず鉄仮面。リンも相変わらず美人」

勇者ダンとリンリンに声をかけてくるのが二人。『勇者君』とダンを呼んだのは桃色の髪の毛にルビーのような綺麗《きれい》な赤い瞳の『女性』だった。しかし、彼女は『男装』をしている。

「サクラ、背少し伸びた？」
「そうかも」
サクラと呼ばれた男装をしている女性。シャツのような黒のチュニックを着ており、黒のズボン。ベルトも巻いている。背も高く中性的で顔立ちも整っている彼女は男性にも見えた。

「勇者君、最近何してるの？　未《いま》だに修行とかしてるでしょ？　どう？　当たってる？」

「天にある太陽ですら把握できるわけがないのに、お前《サクラ》が当てられるわけがないだろう」

（勇者君、相変わらず痛々しいなぁ）

（ダンって痛々しい時あるのよね、この俺様な感じ）

サクラとリンリンは同じことを思った。

（まぁ、そこも含めて好きなんだけど））

サクラとリンリンは同じことを思った。サクラも異性としてダンのことを好いていたのだ。そして、もう一人、ここにいる彼女も。

「勇者って、かなり痛々しい発言が多い」

（カグヤ、ストレートに言った……））

女性陣の中では一番身長が高いカグヤという子がいる。黒髪でボブのような髪型、目は少し垂れ目で感情が薄そうな雰囲気がある。しかし、クールな青い瞳の中には情熱や感情が渦巻いている。

身長はサクラよりも高い。勇者ほどではないが、高身長。容姿端麗で凹凸のある体つきも非常に印象的だった。

同時に眼鏡《めがね》をかけていて知的さも感じられる。だが、このカグヤという女の子は思っている以上にアクティブだった。

「おい、俺の仮面を取ろうとするな」

「だって、気になるから」

無理やり勇者の仮面を取ろうと腕を伸ばすが、あっさりとダンに弾かれる。しかし、彼女も諦めずに何度も仮面を取ろうとする。それも、勇者と言われた彼にあっさり防がれる。

カグヤもムキになって、手を伸ばすスピードが上がっていく。だが、それをあっさり防ぐ。それが徐々にヒートアップしていき、彼等《ら》の間に衝撃波のような風が起き始める。

「む、いつになったら顔を見せてくれるの」

「俺の顔は見せない。俺の顔を見せたら世界情勢が一変するからな」

「何言ってるのかわからない、勇者ってそういうところある」

カグヤが勇者の俺様系の言葉につっかかる。再び仮面に手を伸ばしかけたところで、サクラに止められた。

「もう、カグヤちゃんその辺でね」

「……わかった」

彼女の手はサクラの手によって優しく摑《つか》まれていた。カグヤは勇者パーティーの中では最年少、年齢的に上のサクラに言われると何も言えない。

「はいはい、カグヤが仮面を剝がそうとするのは今に始まったことじゃないって知ってるけど。程々にしなさいよ」

「リン、ごめんなさい」

リンリンにも注意をされて、カグヤは再び黙った。

「さて、そろそろ演説だから行きましょ」

リンリンは先導をして、演説が行われる騎士育成校へ歩き出した。ダンも特に何も言わず付いてくる、そんな彼の両隣にはサクラとカグヤがいた。

その姿に嫉妬する。

(二人が来なければ、デート誘えてたかもしれないのに！　カグヤもサクラもダンが好きなのは知ってるけど。うぐ、どーしよー！)

「あ、勇者ダン！」

リンリンが考えごとをしていると一人の小さい男の子がダンに駆け寄ってきた。

「抱っこして！」

ダンは無言で抱っこし、頭を撫《な》でたりしてその子を解放した。ダンのファンの男の子はニコニコ笑顔だ。

「勇者ダンはこの世界で一番強い男ってお父さんが言っていた！」

「その通りだ。よい父親を持っている」

「二番目に強い男は『覇剣士サクラ』だって言ってた！」

「そうか」

男の子はダンに抱っこしてもらうと両親たちのもとへと帰って行った。リンリンは去っていく子供、そして、再び歩き出すダン、サクラ、カグヤを見ながら一人思考に耽《ふけ》った。

（あの子、サクラを男の子って思ってるみたいだったわね。正直そういう人がほとんどだけど。サクラは中性的な顔で、実家のアルレーティアの家もサクラを男として世に出してるから、結構勘違いしてる子が多いのよね。まぁ、サクラ本人もそれを気にしてる感じじゃないし。アタシとカグヤとエリザベスは旅の途中で女子会とか開いて、直接実家の事情とか聞かされてたしね。あれ、そう言えば。なんだかんだダンにはサクラ話してなかったような。アタシも流石《さすが》にダンに話してると思ってわざわざ言うこともなかった。そんな何度もするような軽い話題でもなかったし。まさかとは思うけど、ダンもサクラを男と思ってるわけないわよね？　男装をしてる女の子って気づいてるわよね？　サクラ思いっきりアンタに惚《ほ》れてるから、ライバルからしても流石にそれは可哀想《かわいそう》。まぁ、ないか。ダンは

すごく鈍いところあるけど。流石にそれはないわよね。うん、そんなわけないわ）

■■

朝起きたら、俺は先《ま》ず顔を洗う。前世からそういった行動をしていたが未だにこのルーティーンは変わらない。

その後に着替えて椅子に座る。机には既に朝食が用意してあって、更には眼の前には両親が座っている。

「ほら、ダン。早く食べなさい」

母親がそう言った。俺は勇者になって30になっても未だに実家で暮らしている。なぜならば俺は一緒に住む人が居ないからだ。あとは家事をするのが無性に面倒くさい。

母は普通の黒髪黒目の女性で父も黒髪黒目の男性。俺達は普通一家なのである。ご飯を食べていると母親が俺に言った。

「ダン、そろそろ勇者辞めて、結婚するべきじゃない？」

「母さん、ダンはまだまだ現役だぞ」

「そうね。でもそろそろ孫がね……」

俺も結婚したい。もう普通の一般家庭を築いてのんびりしたい。この家もどこにでもあるような普通のサイズの家だけどさ。ここにいつまでもずっと居てはいけないことくらい俺も分かっている。

「ダン、今日は騎士の学校で演説してくるんでしょ。しっかりね」

「あ、はい」

外だと俺様系だが家だと俺は普通なのだ。両親は勇者であることは知っているがそれを吹聴《ふいちょう》しない。俺も別にどこ出身とか言わないようにしていた。個人情報だし。

前世だと自分の情報を言ったりするのはリスクがあったからな。それに引っ張られるのか、俺はあんまり人に自身のことを言ったりする癖は無かったのだ。

だからこそ、俺の実家を誰も知らない、素顔も知らない。これは俺にとってプラスであった、引退をしてもどこに居るのか、周りが分からないのである。

つまり勇者を辞めた後になんやかんやで色々と押し付けられる事もない。

ずっと鉄仮面被っててよかったと最近思うようになったのだ。さて、朝食を済ませた事だし、騎士育成校に演説に行きましょうかね。

他の三人も来るし……。

家を出て、俺は直《す》ぐに鉄仮面を被る……ということはしなかった。偶《たま》には素顔で外を歩きたいのだ。顔はフツメン、髪は黒髪のツンツンヘアー。どこにでも居るような平凡な顔。本当にモブのような顔なので一度も勇者だとバレた事はない。

今は演説をする、騎士育成校に向かっている。俺が住んでいるこのトレルバーナ王国の王都にその学校が存在しており、そこでは国を守る騎士を育成しているらしい。

実家から王都に到着して、風に吹かれながら歩く。

そう言えばタミカが騎士育成校に入るとか言っていたな。一応勇者の血筋だから弟子にしているが……どうしたものかね。どうやって実力を伸ばそうか……。

考えていると、あたりが騒がしい。どうやら盗賊が現れたようだ。有名らしいが俺は知らん。

咄嗟《とっさ》に倒して、演説会場に向かって歩き続ける。そうしていると後ろから誰かに話しかけられた。

ん？　まさか、この魔力の感じは……リンじゃん!?　俺のパーティーメンバーのリンじゃないか!?

うぉぉぉ、まじか。このフツメンの時に遭遇するか。やばいバレるか？　魔力感知によって誰かわかってしまう場合もあるらしいが。リン曰《いわ》く俺の魔力は特殊で感知がしづらいという特徴があるらしい。

昔からそう言われていたので、魔力の質でバレることはないだろう。

だが、声とかでバレる可能性も……どうやら、バレなかったらしい。

うぉぉぉぉぉぉ!!!!　リンに素顔が、フツメンがバレなくてよかったぁぁああ!!!!

盗賊を「老風の槍《やり》」で倒してやったところをリンに見られていたようだった。

正直、魔法はリンから教わったから「老風の槍」を使った時に違和感を持ったのかもしれないな。

リン曰く、魔法発動までが速かったのが気になった、と言うが実際はそうじゃない。魔法を使うってことではリンの方が理解をしている。

ただ、反射神経とか身体的な強度によって俺の方が速かった。だけだろうな。

仮面を被って再登場した時、バレたらどうしようって震えていたぜ！　でも、バレてないからよかったぁ!!

なんだかんだ言っても、リンは俺の初恋の人だったからな。今ではもう特に意識とかはしてないけど。

ただ、十年、二十年ほど前は本当に好きだった。

黄金をそのまま髪にしたような綺麗《きれい》な金色の髪を、肩くらいまで伸ばしてツインテールにしている。当然のことだが顔立ちも物凄《ものすご》く綺麗な女性だ。目つきがちょっと鋭いから強面《こわもて》に見えなくもないが、控えめに言っても超かわいい。

彼女の気を引きたくて俺様系キャラを始めたくらいだ。今思えば痛々しいが当時はそれがイケてると本気で思っていたのだから若さというのは恐ろしい。

改めて顔を確認したがやっぱり美人だなと感じた。最近会ってなかったけど、色あせない可愛《かわい》さがあった。

いや、本当に可愛いな。27歳なのに。

さーてと、そんなところにやってくるのがサクラとカグヤだ。

この二人にも困ったもんだったよ。カグヤは空からある日降ってきたのだ。本当に唐突に。

元々エリザベスという精霊族の子が仲間にいたのだが、彼女が一時離脱して、空いた穴に入るように彼女はやってきた。子供の彼女はすぐに成長した。早熟と言われていた。

数年で子供の体から大人の体になったのだ。それは別にいい。問題は俺の仮面を外そうとしてくるのだ。子供だから無邪気な性質があるのだろうが、俺にとっては死活問題だよ!!

　遅いから全然防げるんだけどね。

　そして、サクラ。サクラは「超イケメンの男」だ。

　正直、リンもカグヤもエリザベスという精霊の女の子もサクラが好きなのだ。イケメン、剣の達人、しかも性格がいい。腐っている部分が一個もない。

　俺に内緒で、俺だけはぶって酒を飲んでいたのも分かっている。

　くそ、イケメン、死すべし。慈悲はない。

　俺は魔王は余裕で倒せても、イケメンには未《いま》だに勝てていない。それはまぁ、しょうがないとしておこう。

　サクラはなんだかんだで俺に剣を教えてくれた。めっちゃ嫌《いや》みな奴《やつ》だったけど、性格も次第に変わって文句のつけようがなくなった。

　とにかく俺は「サクラという男性」に敗北している。何も言えない。

　あーあ、初恋だったリンを諦めたのもサクラのせいだ。サクラみたいな人には敵《かな》わないと思ったのだ。

　などと思っていたのも昔の話だ。さーてと、いつもみたいに痛い言動で演説をしましょうかね？

さて、演説会場にやってきた。鉄仮面を被っているので素顔は見えていない。すごく賑《にぎ》わっており、人の熱気がすごい。

「あら、ダン。相変わらずすごい人気ね。騎士育成校の生徒、他にも数多《あまた》の冒険者がいるわ」

「当然だろ」

金髪美女、妖精族《ようせいぞく》、リンリン・フロンティア。顔が美人。

「勇者君ー」

「ゆうしゃー」

桃髪の中性的な顔立ちのイケメン、サクラ・アルレーティア。黒髪ボブのカグヤという少女。計四人、嘗《かつ》てのパーティーメンバー。改めていうが、全員（俺以外）顔がいい。

「ダン、アンタちゃんと話せるんでしょうね」

「当然だ」

「勇者君はいけるよね」

「ゆうしゃ、期待してる」

圧がすごい。リン、サクラ、カグヤの順で圧がすごいんだよ……顔の偏差値で殴ってくる。

「勇者ダン様、登壇をお願いします」

係の人に言われたので、仕方なく登壇する。国の騎士を育成する機関なだけあって、若い生徒が多い。若い子達から尊敬の眼差しなのか、いつまで偉そうにしてるんだよっていう逆の目線なのか、分からないのもキツイ。

司会の女性と向かい合って席に着き、これから演説前に軽く話したり、質問をされることになる。

「勇者パーティーの中でも、やはり勇者ダンは強さでも別格であると誰もが認知しているところですが、その圧倒的強さはどうして獲得することが出来たのでしょうか？」

「それを言ったところで意味はない。俺という存在を理解できる存在はいない。言うだけ無駄だ」

よく分からない質問は、毎回俺様系キャラで乗り切っている。それっぽいことを言っておけば、他の質問に変わるのでこれが最適なのだ。

「なるほど……やはり唯一無二の存在にしか分からない事があるんでしょうね。さて、ここで学生の方、一般の方からの質問タイムになります。勇者ダンに質問がある方は手を挙げてください」

え？　そんな時間があるの聞いてないぞ!?　こういう無茶《むちゃ》ぶりは本当に困るのだが……。

「おや、凄い数の手が挙がってますね。では、そちらの男子生徒の方、どうぞ」

「勇者ダンさんが戦ってきた中で、一番強いと思った方は誰ですか」

戦った奴とかもうあんまり覚えてないよ。

「基本的に俺に比類する存在はいない……が、一人だけ心当たりがある」

「おお、それは!?」

「リトル勇者ダン、過去の俺だな。俺は日々己と戦い続けているからな」

「「「「おおー!!!」」」」

なんか会場が沸いた。凄く痛々しい回答になってしまったと思うんだけど、期待に応えられたなら良かった。

「では、次の質問を――」

「――はいはいはい!!!　はいはい!!!　僕僕僕!!　ここです!!　はいはいはい!!」

「えー。では、そちらの勇者ダンさんと同じで鉄仮面を被っておられる、少年の方」

ウィルじゃん。お前は週一の訓練で聞けるんだから他の子に質問の権利を譲ってあげればいいのに。

「ウィルと言います！　実は……最近勇者ダンのパーフェクト体術講座という本を買ったのですが、実際に学んだことを幼馴染《おさななじみ》の女の子に試したら三秒で負けてしまいました！どうしてでしょうか！　何か本には書かれていないコツがあるのでしょうか！」

「そもそもその本は偽物だ。俺は基本的に本は出さない、書かない、出すつもりもない。分かったら今すぐにその本を捨てることだ」

「え……に、偽物……そ、そんな、コツコツ溜《た》めてたお小遣いで買ったのに……」

また、お前は偽物を買ったのかよ。もう可哀《かわい》そうだから買う前にお前は俺に聞け。俺が直接教えてやるから。

「だが、学ぼうとする姿勢は間違いではない。今後も励むように」

「は、はい！　頑張ります！」

「勇者ダンに褒められてるよ、いいなぁ」

「マジかよ、羨ましい」

「俺も褒められてぇ」

その後も、沢山の質問が飛んできた。正直に言うと全部適当に答えておいた。面倒だしさ、頭もそんなに使いたくないんだよね。さて、そろそろ質問も終わりだろうか。

「勇者ダン様にたくさんお答えいただけたと思いますので、そろそろこの辺りで質問は

——」

——司会の女性がそう言いかけた時、誰かが手を挙げた。

「おや……では、そちらの女子生徒の方」

「お初にお目にかかりますわ。勇者ダン様」

「俺に質問があるのか」

「えぇ……わたくしの名前はキャンディス・エレメンタールと申しますわ」

誰だ、知らん。でも、周りはざわついているようだ。手を挙げたのは貴族の令嬢のような風貌の子だ。

「辺境伯の魔法使えない子だっけ？　貴族で使えないとか落ちこぼれジャン」

「あー、頭のオカシイ伯爵令嬢の子か」

「俺勇者ダンの悪口言ったらあの子に角材で殴られたことあるんだよなぁ」

よく分からないが周りがざわついている。

「わたくし……勇者ダンを超えたいと思っていますの」

「ほう」

「ただ、今のわたくしの実力だと到底無理ですわ。ですので、先《ま》ずは強くならないといけません。そこでダン様——わたくしを貴方様《あなた》の弟子にして下さりませんか？」

いや、質問ですらないし……でも、奇遇だな。俺も勇者の弟子を探してたんだ。

「俺は弟子をとらん」

だが、しかし、この場では言わない。俺が弟子を取るというのはあくまで内緒なのだ。

「何あの子、弟子とか自惚《うぬぼ》れすぎ」

「勇者ダンが弟子取るわけないだろ」

「俺がなりたいわ」

だが、この公衆の面前で堂々と言ってくるのは正直感心をしている。タミカもだが、才能がないとはいえ自分から動いて打診をしてくるというのは非常に大事なことだと思う。

「は？　何よあの女」

「勇者君に軽はずみに弟子とか取らないで欲しいよ僕は」

「ありえない、死刑」

リン、サクラ、カグヤがごちゃごちゃ言っているが気にしない。ていうか凄く怒ってるな。

キャンディス・エレメンタールか、今度ちょっと声をかけてみようかな。もしかしたら、逸材である可能性がなきにしもあらず。

演説が終わり、退場した。

「ダン、弟子取るの？　ああいう若い子がいいの？」

「いや、そんなことない」

「そう」

リンが何か言ってくる。俺が弟子を取るのかどうかがそんなに気になるのだろうか。

まぁ、取らないと言ったがそれは嘘《うそ》だ。

普通にあのキャンディス・エレメンタールは弟子候補となるのか、見てみるとするかね。

第三章　弟子が覚醒したかもしれないんだが？

ウィルは15歳だ。正直ウィルは一般的な15歳と比べると凄く弱い。

一般的な15歳は真面目に修行すればそこそこの強さとなる。なぜなら、この世界では剣塾に通うことができる。そうすると十年は正しい剣術を学べるのだ。

剣塾に入れば剣術流派を学ぶことができる。めちゃくちゃいい場所なのだ。流派の数は数知れず。

トレルバーナ王国には主に代表的な三つの流派があるのだが、入るには試験だったり体の健康状態が条件にある。

因《ちな》みにだが俺は入っていない。というか昔はあらゆる剣術流派に道場破りに行った。ひたすらにボコられたり、倒したり忙しかったなぁ。

さて、そんな剣塾だがウィルは入ったのだろうか。

「ウィル、お前は剣塾には入らなかったのか？」

「はい！　入れませんでした、というか道場破りをしてボコボコにされました」

「……なぜ道場破りをした？」

「勇者様がしてたからです！」

バカだ。ウィル、お前ってやつは本当にバカなのか。そんなことをするんじゃないよ。どう考えても迷惑だろう。道場破りとかバカのやることだよ、本当に。

「剛体流、紫電流、鏡花流、勇者ダンの剣術講座を見ていた僕なら行けると思って道場破りをしに行ったらボコボコにされました」

「トレルバーナの三大剣術か」

有名な三大剣術だな。俺もボコボコにされたのを思い出した。結局全員倒したけど。

「まぁ、偽物の剣術講座本だったので全く意味はなかったですが」

「本を少し読んだだけで行けると思ったのか？」

「……なんか、行けるかなって。勇者様の本ですし」

無根拠の自信。俺も持っていた。だからこそ、あまり否定はしたくないが、かと言って無謀なことをさせてもね。

「あ、勇者様、僕一旦村に帰るのでまた午後お願いします」

「あぁ」

早朝に訓練をするのだが、ウィルは一旦村に帰るようだ。そう言えばウィルがどんな感じで村で暮らしているのかは見たことがない。せっかくだし、鉄仮面を外して行ってみよう。

仮面を外すとフツメンな俺になる。名前もダンではなく『バン』という名前に変えているのだ。

そそくさとウィルについていく。俺が尾行をしていることに全く気づいていない。

ウィルが住んでいるのはイシの村という場所である。中世ファンタジーな小説によく出てきそうな本当に普通の村だ。

平屋建てのレンガ造りの家が多い。

「あの」

「え?」

「あなた誰ですか? 不審者ですか?」

ウィルを観察してたら小さな女の子に話しかけられた。おそらくウィルと同年代くらいだろう。黄色の髪の毛が特徴的でそれをツインテールにしている、青い目は輝いていて全体的に顔立ちは整っている印象だ。

「あ、俺は、通りすがりの旅人的なあれですね」

「え? 旅人って……怪しいですね。ウィルを見ていたようですけど、なにか用ですか?」

「君はウィルの知り合いなのか?」

「ただの幼馴染ですね、今のところは」

今のところは、ね。これはあれだな。ウィルのやつ、若いくせに異性に好かれてやがるのか。破門にするか？

「とにかく、用がないならウィルには近づかないでくださいね」

ツインテールの少女に釘《くぎ》を刺されてしまった。さて、言う通りにしてしまうと、おお、勇者よ、釘は刺されたがその程度で動けなくなってしまうとは情けない。

となってしまうので気にせず村を見て回ると、再びウィルを見つけた。

「ねぇ、ウィル」

「どうしたの？　メンメン」

「さっき変な人がいたから気をつけて、ウィルを見てたの」

失礼な、こっちは勇者様だぞ。

「えぇ!?　変な人が!?　勇者ダンも昔は変な人に絡まれてたからなんか一緒で嬉しい」

ウィルの方が変なやつだろ。これ絶対。

「もうウィル、なんで喜んでるの……」

メンメンと呼ばれた少女はウィルを呆《あき》れ顔《がお》で見ている。俺も正直呆れているよ。観察していると、数人の少年たちがウィルのもとにやってきた。

「おいおい、ウィル。お前まだ剣振ってんのかよ。才能ないのにバカだよな」

「おとなしく、農具持って耕してろよ」

「剣塾に全落ちだもんな」

あらら、ウィルって本当に落ちこぼれって言われてたんだな。ちょっとかわいそうだが。

「僕だってまだまだこれからだよ……」

「ふははは。お前がねぇ」

「僕も、ダイヤにだって負けないくらいに……なるよ」

「俺に？」

ダイヤって名前のやつがリーダー格のようだ。ごつそうな見た目に自信ありげな表情。剣を持っているところを見ると剣士。

「剛体流、中級段階のこの俺にか？　剣塾に入ることすらできなかったくせに」

剛体流か。しかも、あの若さで中級段階とはね。

剣塾に入った門下生にはそれぞれランクが存在している。自身の強さ、技術、体づくり、それらを総合的に判断し、初級段階、中級段階、上級段階、そして師範、の四つに分類されている。

大人になっても初級で生涯を終える者がいる中、ウィルとさほど変わらない年で中級段階。なるほど、確かにそれなら自信に満《み》ち溢《あふ》れているのも納得だ。

「ちょっと、ウィルに絡まないで！　ダイヤ！」

剣を持っている男相手にあそこまで啖呵《たんか》を切れるとは。メンメンという女の子もなかなか肝が据わっている。

「おいおいメンメン、俺は本当のことを言ってるだけだぜ」

「ウィルだって頑張ってる。そんな事を言うのは失礼って分かるものでしょ！」

「でも、本当だろ？」

「だから！」

「メンメン、もういいよ。本当のことだから、ダイヤの言う通り、本当のことなんだ」

ウィルが二人を遮って、諦めたように言った。その後は黙って、剣を持って背を向ける。

「まだ、できる、まだ、僕だってできる」

「ふーん、無理だろ」

ダイヤがそう言い、ウィルは悔しそうに一瞬だけ顔を歪《ゆが》ませて走り去った。

「メンメンはなんであんなのが好きなんだよ。俺のほうがいいだろ」

「貴方よりもウィルの方が強いよ。優しさだって強さの一つなんだから」

なるほどね。ダイヤって奴《やつ》はウィルがメンメンから好かれているのが気に食わないわけだ。

言い合っている二人を置いてウィルを追いかけると、木に寄りかかってぼーっとしていた。落ち込んでそうだし、話しかけるか。

「君、剣は振らないのか？」

「うわぁ！　だ、誰ですか？」

「名前はバン、旅人的なあれだ」

「旅人的なあれって……怪しいですね。あ、メンメンが言ってた怪しい人って貴方《あなた》ですか？」

「そうです、怪しい旅人です」

「……あれ？　どこかで会ったことないですか？」

やはり、わかってしまうのだろうか。リンもそうだったが、勇者ダンの身近にいる者ほど雰囲気でわかってしまうのかもしれない。

これはちょっと変えた方がいいな。

「やぁ、僕はバン。20歳なんだ」

一人称を俺から、僕に変える。そして、年も20歳にする。本当は30歳だけど、鉄仮面を被っていた俺は紫外線を一切浴びていない。それに加えて、勇者になった俺には特殊な能力もあるから、若さも保っている。

「なるほど、僕より五つ上ですね。それでバンさんは何か……」

「剣を振らないのかと思ってさ。せっかく時間を持て余してそうなのに」

「え、えっと、本当に自分はこのまま進んでもいいのかと思い始めて」

「さっき馬鹿にされたからか？　惨めになったか？」

「あ、はい。見てたんですね」

「まぁね。だいたい気持ちはわかる。自分には才能があるってどこかで信じているが、現実とのギャップを前に諦めてしまいそう。でも、諦めたくない気持ちもあって、結局何をするのが正解なのかわからないから悩む、だろ？」

「な、なんでわかったんですか」

「長く生きてるからさ。僕も似たような感じだったし。相談乗ろうと思ったけど、かったるいから正解言うわ」

「あ、はい」

「剣を振れ。型にこだわって、必死に剣を振れ。それしか出来ないんだろ。魔法だって使えないだろ。じゃ、剣を振れ。お前がすべきはそれだ。あと筋トレ」

「え、えっと剣を振るですか？」

「当たり前だろ。勇者ダンも最初は弱かった。めちゃくちゃ虐《いじ》められたんだから」

「そ、そうなんですか!?」

「あぁ」

めちゃくちゃボコボコにされてたな、毎日。今でも思い出す。

「彼には友達がいない、なんでか知ってるか？」

「え、えっと、友人を危険な目に遭《あ》わせないために、距離をとって……」

「違うよ。捨てたからさ。時間を、他者との関わりを、休みを。友人と呼べるもの達と遊ぶ時間も、食事をとる時間も全部捨てたんだ。強くなるために。だから、友人がいない。仲間はいるけどね」

「……」

「勇者ダンは結果を求めてたんだ。過程はどうでもいい、強くなりたくて。勇者になりたくて。剣を振ってたんだ」

「なんでそんなこと知ってるんですか？」

「あー、そうだね。人伝《ひとづて》に聞いたから、かな。取り敢《あ》えず、落ち込んでる暇はないだろう？　剣を振れ」

「は、はい」

まぁ、アドバイスはこんなもんかね。結局浅い事を深い感じで言っただけだが。

「さて、僕はそろそろいくわ。あ、あと自己肯定感低すぎ」

「自己肯定感？」

「自分はできるって、無根拠に自信を持て」

「自己肯定感」

「強くなりたいなら、強い奴の真似《まね》をするのが手っ取り早い。お前の中で一番強いと思う奴の考えや雰囲気を真似するのを勧める。それじゃ、頑張れよー」

これ以上、言っても無駄だな。あまり言いすぎてもパンクする、ウィルはまだまだ弱いし。期待はしていないが、落ち込んでいる若者を見るとどうにも関わりを持ってしまうのが勇者の性、とでも言うのか。

もう辞めたいと思っているのに。あぁ、早く最高の弟子ができてくれますように。

一旦、戻るか。午後の訓練の前に鉄仮面を被らないと……。

「た、大変だ！」

「ゴブリンの群れが村の外に!!」

どうやら、ハプニングのようだ。さて、助け……いや、少しだけ。少しだけ、俺の性に反するが見てみるか。ウィルがどうするのか。

実戦経験がアイツにはなさすぎるからな。

もし、死にそうになったら。俺が動けば一瞬で片が付く。

■■

僕は弱い。そう思う。弱いんだ。勇者ダンに稽古をつけてもらっているけど、何も変わっていない。

ダイヤという幼馴染《おさななじみ》がいる。僕は未だ嘗《かつ》てダイヤに一度も勝てていない。彼のいう通り畑を耕す人生があっているのかもしれない。

「ゴブリンがでたぞ!!」

周りが騒がしい。村の外に出るとゴブリンの群れがいた。ダイヤ達が先頭で戦っていた。既に遅い、この時点で遅いのだ。彼ならば、勇者ダンならば既に倒し終えている。なのに、そんな彼に憧れている自分が剣を握ってすらいない。

「ウィル」

「メンメン」

「無理、しないでね。ほら、別に、強いってだけが全部じゃないよ」

気を遣わせている。

「私もいくから、ウィルはここで待ってて」

メンメンは魔法が得意だ。サポートをするらしい。左手が震えている。左手が……このまま、取り敢えずは様子見をしよう。まだ、まだだ。

今はまだ。いつか強くなるのだから。

彼の教えを……受けているから。強くなれば、あのくらいはできるはずなのだから……

実戦を積むのはまだ早い。

そんな言い訳をしていた時に見えた。彼の顔が。先ほどの変人、旅人だ。

その人の顔を見た瞬間に、フラッシュバックした。

勇者との修行が。

『遅い、お前は遅い。とにかく遅い。無駄に考えすぎだ。失敗をしてもいないのに、失敗が前提なんだよ。動いてもいないのに失敗したらどうしようと考えている。そんなんで、誰が救えるか。勇者になどなれない。剣士も無理だ』

旅人の言葉もついでにフラッシュバックした。フツメンの顔の人だ。凄いフツメンの人。なんでこの人が頭に浮かぶかは分からないけど。

『強くなりたいなら、強い奴の真似をするのが手っ取り早い。お前の中で一番強いと思う奴の考えや雰囲気を真似するのを勧める。それじゃ、頑張れよー』

あぁ、そうか。僕は遅いんだ。全てにおいて。だから。

今、動かなければ今変わらなければきっとまた言い訳をする。

「ウィル、大人しくしておけって」

村の知り合いの大人が声をかけてくる。これは惰性の声だ。目の前に見据えるべきは敵だけでいい。目指す場所は、『勇者』だけでいたい。

変わりたい、一秒でも早く。

「おい、ウィル!!」

「あの馬鹿！」

「落ちこぼれが!!　引っ込んでろ！」

「ウィル！　無理しないでって言ったのに！」

僕を縛るな。変わりたいんだ、僕は。

走り出した僕を、旅人が見ている。彼の目には驚愕《きょうがく》も失望もない。

だけど、少しだけ笑っていた。ような気がする。

「ぎゃがあああ!!!」

ゴブリンがいた、怖い、モンスターと戦うのはこれが……あれ？　モンスターって、こんなにも遅いのか？


『遅い』

『痛いですって！　剣を頭にぶつけないでください』

『これでも手加減している。痛みに慣れろ、かなり手加減している』

『それしか言わないじゃないですか！　勇者様!!』

『俺の修行は基本的に実戦だ』


あぁ、そうか、そうだ、そうだよね。世界一の剣を毎日受けていたんだ。手加減をしていたとしても、この程度が――速いわけない。

「あ？　なんだと？」

気づいたら斬っていた。ダイヤの声が聞こえた。

「ウィル!?　え!?」

「おいおい」

メンメンとか大人の声とか、全てが聞こえる。でも、この瞬間に全て過去になっている。

だから、どうでもいい。

僕はこの瞬間も変わる。

目の前には十四体のゴブリンがいる。駆ける、ただ斬って、斬って、斬り続けた。

「ウィル!?　ウィル!?　ウィルだよね!?」

「あの、落ちこぼれが……なんだよ、あの剣筋……調子に乗るなよ」

あと、何体だっけ？　無我夢中なのか、数はわからない。あと三体だけだった。

「行ける、僕なら出来る。当然だよ、だって僕は……」

一体首を斬った、慣れれば簡単な作業と変わらない。二体目も斬って、三体目は首を突き刺した。

血が吹き出して、返り血が頰《ほお》についた。血の臭いがする、これを忘れる日はきっとこないのだと思う。

「ウィル、凄いよ!!」

振り返るとメンメンが笑顔でこちらを向いていた。

「魔法が使えたら一瞬だった、ウィルが邪魔で使えなかっただけだ。調子に乗るなよ」

ダイヤが睨《にら》んでいる。彼の目線の先に、倒れていたゴブリンが立ち上がるのが見える。

ゴブリンが雄叫《おたけ》びをあげた。

「ぎゃああ！」

「メンメン後ろ！」

「え？」

死んだと思っていたゴブリンが生きていた。死んだふりをしていたのかも知れない。彼女の後ろから急に襲いかかる。

誰も一瞬の出来事で動けない。

その瞬間に、僕は思い出した。勇者ダンの英雄譚《たん》。その一節にあった、とあるモンスターに襲われた子供を助けるために、彼が放った一手。

魔法が使えない頃の彼は『投剣』をした。

「届く、余裕で」

握られた剣を、振りかぶり投げる。それはまっすぐ突き進み、ゴブリンに刺さった。

「ふぇ？」

メンメンも目を疑っていた。誰もが僕を見て、疑っている。

「誰だよ、お前……」

「やるじゃねぇか！　ウィル！」

「意気地がない野郎なだけじゃないってことか‼」

この瞬間のことをきっと僕は忘れないのだろう。

いずれ、とある英雄譚の一節になることなど、僕にはまだ知る由もない。

■■

いや、大活躍するんかい!!!!

ええええ!?　おいおいウィル、思ったよりもやるじゃねぇか？

ゴブリンにもボコボコにされたりしているって聞いてたからどうせダメだろうなぁって思ってたんだよ。

なんだよ、ちゃんと倒せるじゃねぇか。絶対泣きながら午後の修行する羽目になると思ってたわ。慰めの文をすごく考えたんだけど。紙にメモするくらいに考えたんだけど。

ま、まぁ、これは次使おうかな。そのうち泣きそうだし。

お前のような勇者の卵が来るのを俺は待っていた!!　って言ってあげるつもりだったけど……調子がいいね、うん。

褒めてはやろうと思うが、所詮はゴブリンだ。これが倒せたところでさほど評価を改めることもない。アイツは、才能ないかと思ったが、思ったよりも動ける奴《やつ》だったというだけなのだ。

午後の訓練の時間、鉄仮面を被って待っているとウィルがやってきた。

「勇者様……あの」

「見ていた。あの戦果を」

「え？」

「ゴブリンを倒したな」

「は、はい」

「だが、計算通りだ。何も驚くことはない、お前は俺が見込んだのだから」

「は、はい！」

正直、全く計算通りでもないが俺は勇者だしな。全部俺は最初から分かってましたみたいな感じ出しておこう。

でも、大したもんだよ。褒美を与えてやろう。飴《あめ》と鞭《むち》というやつだ。弟子のモチベーションを保つのも師匠の役目である。

「ウィル、この俺の後継者としてお前を育てる」

「勇者様の身を蝕《むしば》む呪いが完全に進行しうる前にもっと強くなります」

あ、呪いね。呪詛《じゅそ》王の呪いね。ピンピンしてるけど、モチベ高そうだしこのままにしておこう。

「うむ。それでだ、お前にこれを渡そう」

「ま、ままま、まさか、これって……『始まりの剣』!?」

「うむ」

「は、始まりの剣。勇者ダンが冒険を始めて、最初に握ったとされる鉄剣。とある鍛冶師から貰《もら》ったとされて、数多《あまた》の冒険を共にしたとされる伝説の剣、こ、これが!? 今僕の手に。いいんですか!? こんな貴重な代物を!?」

「あぁ、褒美だ。その剣を見ていたら俺を思い出すだろう。お前を教えるのは週に一度きりだ。残りはそれを見て俺を思い出し、自己鍛錬に励め」

「うぉぉぉ、これが始まりの剣!! なんだか力が溢《あふ》れてくるような!! 汗と涙の死闘の歴史の彫刻!!」

始まりの剣ね。喜んでるなぁ。

まぁ、偽物なんだけどね。

俺のじゃないしな。骨董品《こっとうひん》屋で買ってそれっぽく加工しただけなんだ。だって、本物の始まりの剣は父にあげちゃったし。プロ野球選手も最初のボールは恩師にあげるとか言うからさ。

だから、これ、始まりの剣じゃないんだよね。敢《あ》えて石に叩《たた》きつけて刃こぼれさせたり、グリップ巻いて、数回素振りして削った偽物。ウィルは俺のファンらしいからあげたらやる気でるかなって思っただけなんだよね……。

さて、ウィルが若干覚醒し、始まりの剣（偽物）を授け修行を終えた。終える頃には時間が過ぎており、空は暗くなっていた。

帰りにちょっとだけ、王都に寄ることにした。理由は俺の母親が好きなパンを買うためなのだ。

夜限定で発売されるらしいので、仕方なく俺も行くのだ。トレルバーナ王都に走っているとすぐに到着した。

王都は夜でも少し騒がしい。勇者である俺が演説をするときに比べたらそうでもないが騒がしいことには変わりない。

飲んだくれや仕事終わりの騎士、冒険者。ありとあらゆる者達が特殊な鉱石によって作られた、街灯によって照らされている。

「兄ちゃん、飲んでかない？」

「いや、遠慮する」

結構絡まれるんだよなぁ。鉄仮面被っていれば全然大丈夫なんだけどね。

パン屋に到着すると何人か並んでいた。夜限定で売っているだけあって、結構人気店なのだ。

こうやって並んでいると俺も一般人とほとんど変わらないな。そんなこと思っていると――。

「アンタ」

「え？」

自分より後に列に並んだ誰かが声をかけてきた。振り返ると黒いローブを纏《まと》っている妖精族の女がいた。

こっそりとローブを外すと見慣れた美人の顔があった。

「リン、さん、お久しぶりです」

危ない、思わずリンと呼んでしまいそうになった。

「このパン屋を知ってるなんて通なのね」

「あ、え、はい。リンさんはどうして？」

「……ダンがよくここでパンを買っていたのを思い出して、たまに買って食べてるの」

そういえば、鉄仮面を被ってお忍びで買いに来たこともあったたか。そんなことをわざわざ覚えていたとは。

「アンタの魔力、不思議ね」

「え？」

「なんていうか、変わってる。感じ取れない」

「あぁ、そうですか」

「……そうですかって、アタシが感じ取れないってヤバいんだけど。ダンの魔力と同じってことだし」

「……」

「ダンって、埒外《らちがい》の存在だし。魔力の質とかも普通の人とは全く別次元になって、感じ取るのが難しいのよね」

「はぁ」

リンが俺の魔力を感じ取れないのは知っていたけど、そこからそれをベースとした考えで、俺と勇者ダンを絡ませてくるとは。

なんと面倒な。

「まぁ、ただ感じ取れないほど、小さいって可能性もあるけど」

「多分それです、小さ過ぎてわからない説が有力かと」

「やけに謙遜するのね」

怪しんでいるリン。しかし、丁度そこでパン屋が開いて、列が進んだ。適当に誤魔化《ごまか》した後、パンを買って外に出た。

リンも俺と丁度同じタイミングで外に出てきた。

「これ、ダンが昔好きだった塩パンってやつなの」

「なるほど」

「ここに来たら会えるかなって思ったんだけどなぁ……」

夜空を見て、彼女は小さい声で語った。そのまま彼女は夜空に向かって、魔法で浮かび上がり、妖精国フロンティア方向に飛んでいってしまった。

バレていないようでよかったー。

第四章　清楚《せいそ》な弟子

先日の話だ。俺達勇者パーティーは演説を行った。そのときに一人の女の子が手を挙げた。

彼女は俺を超えたい、と言った。素晴らしいことだ。今まで俺を超えたいと、直接言ってきた存在はそんなにいない。

『――わたくしを貴方様《あなたさま》の弟子にして下さりませんか？　貴方様を倒したいのです。ワタクシを、世界の誰よりも強くして下さりませんか？』

まぁ、彼女は勇者になりたいとは言っていないけど、本当に強くなれば説得をしたり勝手に祭り上げたりして勇者とすることもできなくはない。

単純に面白い、そして気にもなる。ちょっと観察をしてみよう。

「キャンディスお嬢様、入試に遅れてしまいます」

「わかっていますわ、クロコ」

騎士育成校という場所がある。トレルバーナ王国にある騎士を育成する学校だ。騎士とは王国を守る精鋭だ。この国で騎士を名乗るには資格がいる。

資格を得るには騎士育成校にて、卒業をしなくてはならないのだ。俺の前世で言うところの公務員に似ているかもしれない。

彼女は騎士になるために、従者と一緒に試験を受けると聞いた。騎士は基本的に貴族出身が多いらしい。

ただ、たまに平民も試験を受けに来るらしいので、今回は俺も入試に参戦することにした。

入試は文字通り、試す場所である。なので彼女がどの程度できるのか見る、絶好の機会だ。

いつも通り、平民のバン20歳、として鉄仮面を脱いで参加する。フツメンだが紫外線を鉄仮面で浴びていないなどがあり20歳でも通じる顔に見える。

騎士育成校は年がある程度過ぎたものたちもいるからね。

さてさてさーて。入試にいきましょうかね。

キャンディス・エレメンタールはどこかな？　あ、いた。ふむ、容姿は整っているな。髪の色は明るいオレンジ茶髪みたいな色だ。髪は長く縦ロールな髪型である。丸メガネもしている。

そして服装は清楚なワンピースみたいな服を着ている。反対に彼女の従者の女性は黒髪黒目で黒スーツみたいな執事の格好だ。

「まずは魔法の試験を始めます。今回の試験監督はリンリン・フロンティア様です」

「うっそ、まじかよ⁉」

「あの賢者の⁉」

「神の子が採点するのかよ。腹痛くなってきた」

賢者、神の子、魔法の天才と言われていたリンの二つ名みたいなものだ。紛れも無い大天才。しかし、困った。キャンディスを見るつもりがまさかリンが来るとは。

流石は俺の初恋の相手、なんだかんだで縁があると感心してしまう。リンは辺りを見回しているが俺の顔を見て目を見開いていた。

うげ、バレた。

「おいおい、覇剣士サクラもいるじゃん」

サクラもいるのか。

「格闘家のカグヤもいるぞ」

カグヤもいるのか。まさかこの流れで同じパーティーの精霊エリザベスもいたりするか？

「エリザベスと勇者ダンはいないみたいだな」

「なんだ、勇者ダン見たかったのに」

周りの試験を受ける者達も俺と同じ気持ちのようだ。さてと、最初は魔法を打つ試験みたいだ。

魔法には詠唱と魔力、そして才能と努力が必要であると言う。才能に特に依存をするらしい。

魔法には魔法の効力や効果範囲、その強度によって、階梯《かいてい》が振られている。第一階梯から第十二階梯まで存在していて、階梯が高いほどに難易度が高く、効果も強い。

三階梯使えれば人生は安定と言われているのだが。

「では、最初の試験は第一階梯魔法、ミニミニフレアを出してください」

ミニミニフレアか。初心者向けの魔法と言われているが、才能がなければマジで使えないんだよな。

俺も最初は使えなかった。

「タミカ・トレルバーナさん！　前に出てください」

「出た、勇者の末裔《まつえい》」

「才能ないって言われてるけど」

「初代勇者アルバートの英雄譚《たん》好きだったんだけどな。アイツはな、才能ないからな」

タミカ、ボロクソに言われてるなぁ。あいつも昔の俺と同じくらいに苦労しているんだな。

　さて、タミカの魔法を放つ姿を見てみるかな。

「回帰する微《かす》かな灯火《ともしび》・落ちた天の涙の火・ミニミニフレア」

前半と後半のギャップよ。詠唱かっこいいのに、魔法名がミニミニフレアとは。

しかし、ギャップとは裏腹に魔法の効果は明確に現れた。

タミカの右手から真っ赤な炎が出現した。小さいが確かに存在している。それは矢のように放たれて的に当たった。

「まぁ、普通だな」

「勇者の子孫だしね」

ふむ、綺麗《きれい》な魔法の使い方だな。派手さは全くないけど。

「では次、ユージン・バルバロス君!!」

その後も、沢山の人が魔法を放っていた。そして、キャンディス・エレメンタールの番になる。

「わたくし、魔法は得意ではありませんの。昔の勇者ダン様と同じですわ」

「え、えっと」

「試験官様、この魔法実技ではわたくしは0点で構いませんわ。体術や座学で挽回《ばんかい》は狙えますもの」

ほう。ここまで魔法を使えないことを堂々と宣言するとは面白いじゃないか。

俺は堂々としている奴《やつ》は嫌いじゃない。

「おいおい、魔法使えないとかダサ」

「貴族なのにね」

「エレメンタール家って名門なのにね」

おいおい、タミカの時もだが悪口が多いな、最近のガキは。しかし、キャンディスは全く動じないみたいだ、ほえ、すげぇ。

「勇者ダンの弟子になりたいとか言うくらいのやつだぜ？　勇者ダンって大したことないのに。父上が言っていたよ。歴代最弱、魔王のレベルが低いから勇者って言われているだけって」

俺の悪口も言うのかよ。よく言われているから気にしないけど。

「本当にさ、大したことが、ぶげわああ⁉」

おいおいおいおいおい‼？　キャンディス殴っちゃったよ⁉　俺の悪口言っていた男子生徒殴っちゃった⁉

「出た、キャンディスの暴力」

「あいつガチ勇者ダン好きだから、悪口言ったら殴られるんだよね」

「角材で殴られたやつもいたな、本当にやばいやつだよ。キャンディスは」

そんなにやばいのか。確かに殴ることに躊躇《ちゅうちょ》していなかったな。俺の悪口を言った奴を殴るとは、気に入った!!

ではない、ではない。うむ、良い胆力を持っているな。無法地帯のように誰彼構わず殴るのは良くないが良識はある程度弁《わきま》えているような気がするな。

「お嬢様落ち着いてください！　ここで騒ぎは！」

「シャラップ！　クロコ、こいつ、わたくしの勇者ダンの悪口をいいましたの！　ぶっ殺してやりますわ!!!」

どうやら従者が無理矢理《むりやり》に押さえているようだが、今にも追い討ちをしそうなくらいに暴れている。

「では、次、バン君」

あ、魔法実技俺の番か。周りはキャンディスの騒動で大騒ぎだ。俺に興味などないらしい。

「では、あの的に」

「はいはい」

体から満《み》ち溢《あふ》れるエネルギー。イメージとか経験とか想起して、放つ。そういえばこの魔法を使うのって久しぶりだな。殴ってれば魔王って倒せたから。

どうだったか、感覚を忘れていないか。心配だな。

「回帰する微かな灯火・落ちた天の涙の火・ミニミニフレア」

手を伸ばして、ゆっくりと炎が形成されていく。一般的に普及されている魔法は妖精魔法と言って、二代目勇者が考案したと言われている。

弾丸のように炎は飛んでいった。的に風穴を開けた。

「お、おお、すごいですね」

「どうも」

ふっ、試験官は驚いているようだな？　まぁ、勇者ですからね。周りも驚いているかもな、この俺の圧倒的な魔法力にな？

そう思って辺りを見回した。

「おいやばい！　キャンディスを止めろ!!」

「あいつ、角材手に持ってるぞ!!」

「勇者ダンの悪口言った奴はなんで謝らないんだよ!!!」

「一発殴られて泡吹いて気絶してるみたいだ!!」

誰も見てないんかい!! 世界を救った勇者の魔法を間近で見られたと言うのに、まぁ、俺もバンの素性が勇者とバレると面倒だからこれでいいんだけどね。

そもそも入学する気はないし、キャンディスがどの程度か見てみたいだけ。

実際に見て、才能があると俺は思う。魔法は使えないらしいがあんなに大暴れできるのは一種の才能だ。磨けば光るかもしれない。

「そこまでだよ。勇者君の悪口を言われて腹立つのはわかるけど、これは試験だから」

サクラがキャンディスを止めた。

「嘗《かつ》ての仲間をバカにされて黙っているとはずいぶん薄情な方々なのですね、勇者パーティーとは。わたくしは愛している方を侮辱されると怒りが湧きますの」

「僕だって面白いとは思わないよ。でも、勇者君はそんなことを気にする人じゃない。それに試験の場だしね。そうじゃなかったら……三枚おろしにしてるけどね」

サクラ、目のハイライトが消えているが大丈夫だろうか、普通に怖いんだけど。仁義に厚いのがあいつの特徴ではあったが。

さて、帰るとするか。キャンディスについてはある程度わかったし。

「ふっ、そんなひよってるから、何年一緒にいても勇者の心を射止められないのではなくて?」

「は？　なに、僕に喧嘩《けんか》売ってるの？　買ってやるけど」

「ええ、ええ。構いませんわよ。時代遅れのおばさん。わたくしの方が明らかに若くて勇者好みですわよ」

「殺して良いかな。ここを更地にして試験会場じゃなくすれば、試験関係ないし」

後ろでなにやら揉《も》めているようだが、気にしないで良いや。帰りの道を歩いていると空から、何かの気配がした。

リンだ、リンがいる。

「試験はいいの？　まだ終わってないけど」

「俺はいいですね。辞退します」

「……さっきの魔法、あれ、随分と上手《うま》いじゃない。しかも、あの美しい魔法構築……アンタ、まさか……いや、ないわね」

「……」

「そう、辞退するのね。分かったわ。それで、アンタってなに？」

「……」

「勇者ダンは最強、なの。でも、アンタも意味不明。あり得ないと思うけど、アンタがダンの害になるようなら消すしかないわ」

どうしよう、俺が俺の害になると言われてもどうしようもない。ここは適当に誤魔化《ごまか》しておくしかない。

「俺は少し魔法が得意なだけでした。それだけです。ほら見てください、顔がフツメンです」

「顔と魔法って関係ある？」

「ありませんね」

「なにそれ」

「それより、試験監督なのにここにいていいんですか？」

「……そうね。そうだったわ」

「俺と話してないで、早く戻った方がいいですよ」

なにか怪しむような目線を向けられている。リンは昔から妙に鋭い部分がある。怪我《けが》を隠していたのに見抜かれて治療をしてくれたりとかね。

何か言いたそうにしていたが、特に何もせず去って行った。

キャンディス、タミカ、そしてウィル。もし三人を弟子にするとしたら、週は七日あるから一人一日くらいの感じで割り振りたい。残りは四人か……。

そうだな、やっぱり巨人族には声をかけてみたい。

巨人族、その名の通り巨大な種族だ。この大陸ではない別大陸に住んでいる。見た目は人族の俺たちと大差ないが、大きさが桁違いだ。文字通りの巨人種族。

他に欲しい弟子は獣人族とか、後は俺に似てる奴。ウィルとかは境遇が似ているだけ。

やっぱり、今までの弟子とは違い、巨人族はデカいし、他の種族よりも力も圧倒的に強いから、弟子にしてみるのもありかもしれない。

とりあえずはぼちぼち種族について調べながら、色々と目利きをするか。

巨人族とかについては、詳しく知らないし、図書館で色々調べてみよう。


トレルバーナ王国の図書館。あらゆる歴史、文学について書物が大量に保管されている。

どーれーにしようかな。あった、巨人族の本だ。

「巨人踏圧伝ね」

結構新しめの本だ。中には絵が描かれている。巨人の群れと鉄仮面を被った男が戦っている絵が描かれている。

「巨人族の王、強欲であった。世界を支配する為《ため》動いた。勇者ダン、それを一夜にて壊滅させる……巨人の王、ひれ伏す。巨人の十二の精鋭、数刻にて地に伏せ、格の差を見せつけた」

あー、これ昔あった。俺が巨人をボコボコにした奴だ、何年くらい前だったか。巨人の王が世界征服とかふざけたことを言ってたからボコボコにしてやったんだっけ。

しかもリンの国に最初に攻め込むとか宣戦布告したからな。

うん、勇者になってから荒事が多すぎて、国をボコボコにしたの忘れてたわ。それ以降、巨人に嫌われているの忘れてた。

巨人の弟子、できるかな？

他にも本を読んだが巨人についてはさほどない。あるのは勇者の歴史の本とかが多かった。本を読んでいると閉館の時間が迫っていた。

今はとりあえずいいか、試験終わりのキャンディスに弟子にならないかと声をかけて、後は巨人について詳しそうなやつにも色々と聞いてみた方がいいかもな。

図書館から出て鉄仮面を被る、そして試験終わりの学生の中からキャンディスを見つけると尾行を開始した。彼女は従者と一緒に帰っている。

さて、どうやって話しかけようか。キャンディスが俺のファンというのは分かっている。俺の悪口を言っただけで殴るような過度なファンだ。

弟子にすると言ったら二つ返事で了承してくれるだろう。ここは普通に話しかけるか。

「きゃー、引ったくりよ!!」

「はいはい、わたくしが捕らえますわ」

王都も意外と物騒だな。だが、あっさりとキャンディスが捕らえていた。タイミングもいい、ここで話しかけるか。

■■

わたくし、キャンディス・エレメンタールは生まれた時から世界一幸福であり、同時に世界一不幸な子であった。

生まれは裕福な貴族、欲しいものは何でも手に入った。顔も美しければ声も美しい、体も麗しい。戦闘センス、魔力量、全部が他者の遥《はる》か上を行った。

小さい時から傲慢であったと自覚している。美しいものは自分が決める。周りが美しいと言った物が美しいのではなく、自身が美しいと思ったものが美しいのである。

本気でそう思っている。自分が一番、欲しいものは何もかも手に入る自分が世界で一番偉い。

でも、そうではなかった。わたくしにも手に入らないものがあった。

それが勇者ダンだった。初めて彼を見たのはとある式典、王都の道を勇者パーティーが凱旋《がいせん》し、それを皆が讃《たた》える。

その姿、今でも忘れない。輝いていた。今まで見たどんな宝石よりも、黄金よりも煌《きら》めいていた。釘《くぎ》付けになった。

あれが欲しい。勇者《ダン》

『どうやったら、勇者ダンが手に入るの⁉』

『キャンディ……勇者ダンは誰のものでもないんだ』

『欲しい欲しい！　勇者ダンが欲しい‼』

父に駄々《だだ》をこねた。小さい時のわたくしは口も悪く、我儘《わがまま》で誰にでも噛《か》みついた。両親にも我儘を言った。

でも、勇者ダンは手に入らなかった。それだけはどれだけ欲しくても欲しくても、与えられない。誰も摑《つか》みとれない。

腹が立った。だから、代わりに勇者の絵画と本をひたすら集めた。家の地下にそれが置いてある。

でも、そんなものを集めても、所詮絵であった。絵画で満足は出来なかった。本でも満足できなかった。どれだけ彼を知っても満たされない、掴みとれない苛立《いらだ》ち。

出身地も分からない。追えば追う程、分からない。

だから、諦めもあった。でも、そんな時……奇跡が起きた。王都に騎士育成校の入試に行った時の帰りだ。

平民から鞄《かばん》を盗む盗人《ぬすっと》を取り押さえたのだ。

『全く。詰まらない事を……』

『おい、お前』

『なんですの？　わたくし、に、むか……って』

鉄仮面を被った男、ずっと見てきた、誰よりもわたくしはその方を知っている。勇者ダンがそこにいたのだ。

そして、言われた。後継者を探していると。

わたくしは……それを二つ返事で承諾したのだ。見ただけで本物とわかる。しかし、わたくしとしてはこの男と戦ってみたかったのだ。

まず知る、この男を。

「ダン様、手始めにわたくしの実家に来てくださいまし。それと今の件ですがクロコ、わたくしの使用人には絶対内密にさせますわ」

「クロコと申します。口は堅い方ですので、ご安心ください。呪詛王《じゅそ》にかけられた呪いの件、それ故に後継者を探しているということは他言致しません」

「そうして貰おうか」

「では、積もる話もありましょう。日は暮れておりますが、わたくしの実家に」

「あぁ、構わん」

「ではでは、おんぶをしてくださいまし」

「なぜ俺が」

「どの程度か、見ておきたい。というのが本音ですわね」

「どの程度、この俺を？」

「ええ、貴方《あなた》を……ついでにわたくしの使用人は肩に担いでくだされば」

「確かに俺が運んだ方が早いか」

勇者ダン様はわたくしとクロコを担ぎ上げた。そして、一歩踏みだす。その瞬間に世界が切り替わった。

文字通り瞬間的に視界が王都を越えていたのだ。

「これが……」

日が暮れ始めている、時間帯。夕陽《ゆうひ》が見えている、彼は跳躍をして一瞬で王都から足を出したのであろう。

あり得ない、常識外れ、理解の外、人間の法から外れた……存在ッ。

これが、これが、これがこれがこれが、勇者ダン。絶対に欲しい。

「あ、え、あ」

クロコはびっくりして、言葉が出ないようだ。というか、酔って顔を青くしている。

まぁ、それは置いておこう。

それよりも綺麗に照らされた世界の景色、それを上から俯瞰《ふかん》しているかのような頂点の景色。

これほどまでとは……わたくしが走るとかなりかかる距離が、数分。

「流石はダン様ですわ。あっという間でした」

「驚きました。と言うか驚きすぎて吐き気します……おえー」

クロコが嘔吐《おうと》している。神速とも言える世界を味わったらこうなってしまうのだろう。

わたくしも正直足が震えている。

「ダン様。戦ってくださいますか」

「構わんが」

わたくしは魔法が使えない……というわけではない。学ぶ必要がないと思ったから学ばなかっただけ。

わたくしには夢がある、勇者ダンを倒して捕獲する。あの輝きは自分だけのものだと言いたい。

勇者ダンを倒すのに魔法など意味がない。彼は圧倒的な強さとタフさ、神懸かった肉体なのだ。魔法などという小手先の技術では爪の先ほどのダメージになることもないだろう。

賢者リンリンがいつぞやか言っていた。魔法はあくまで魔法。所詮は魔法なのだと。

何を言っているのか小さい頃のわたくしは分からなかったが、徐々にわかってきた。圧倒的な実力を持つものに魔法は通用しない。

そう、勇者ダンという人物を見てた彼女だから言えるのだろう。だから、わたくしは体術を学ぶことにした。

「行きますわよ！」

わたくしは思い切って足蹴りをくりだした。顔面に向かって右足を向けたが彼に人差し指にて止められた。

「ありがとうございました」

「もういいのか」

「はい、すべてわかりました。これ以上続けるほど愚かではありませんわ」

それなりに自信があったのですが……元パーティーメンバーのカグヤ。彼女は勇者ダンから体術を学んだと聞いていたので彼女を再現したような体術を繰り出したと言うのに。

やはり、原点体術《オリジナル》は格が違う。

「勇者ダン様」

「なんだ」

「改めて、弟子の件、宜《よろ》しくお願いいたしますわ」

一礼すると、微《かす》かに頷《うなず》いた。豪運と思う、わたくしは生まれた時から幸せだった。運も運命も味方をしている。

強いて言うなら、本当に言うならば勇者ダンだけが手に入らない。豪運や才能があったとしても手に入らない。

故に欲しい。


「お嬢様。勇者ダンはどこにいかれたのですか？」

使用人のクロコがそこにいた。

「今日は帰られましたわ」

「そうですか。それにしても宜しかったのですか？　使用人である私まで後継者の件を知ってしまっても」

「ええ、構いませんわ。それにクロコ、貴方だけにはわたくしの考えを知っておいてほしいですし」

メイド服を着た彼女にわたくしは雄弁に語る。

「お嬢様は勇者ダンが欲しいのですね」

「ええ、それはもう……頭が沸騰するくらい欲しいですわ。今まで異性に興味を持ったことはありませんが、あの方は別です」

「嘗《かつ》ての勇者パーティーの一部は勇者ダンが好きとか」

「それくらい知っていますわ。しかし、誰ともくっ付いていないというのはそういう事でしょう？」

「お嬢様はどうやって、勇者ダンを捕まえるおつもりで？」

「先《ま》ずは聖剣を奪う、そこでようやくイーブンですわ」

「聖剣、あの伝説の剣のことですね。歴代勇者が全員使用したと言う。確かにそれを奪えれば、お嬢様自身のパワーもあがることは間違いないでしょう、しかし、それでイーブン、ですか？　勝ちではなく？」

「偶《たま》に勘違いをしている方がいますわ。聖剣を使うから強いのではなく、勇者ダンがあの聖剣を使うから最強のずっと先に居るんですの」

「なるほど」

「しかも、素の状態での強さも圧倒的……今のところ、勝ち筋がありませんわ」

「勇者を継ぐという約束はどうなさるおつもりで？」

「それも一応は継ぎますわ。継がないと聖剣が奪えませんもの。わたくしは勇者という立場にさほど興味はありませんが……勇者ダンを手に入れるためならなんでもしますわ」

「なんでも……あの、何でもと言って本当に何でもしないでくださいね？　お嬢様は以前に、勇者ダンの悪口を言った貴族を角材で殴り飛ばすという奇行をしています。あれ、本当に後処理が大変でして……本日も殴ってしまいましたし」

「ええ、これからも後処理、宜しくですわ」

ニッコリとメイドのクロコにわたくしは笑いかける。メイドは顔を青くしてこめかみを押さえた。

「勇者ダンからお嬢様に告白でもしてくれれば、すべて解決なのですが」

「それは期待薄ですわね。わたくしも一応は女性らしく丁寧に接していますが、彼はあくまで世界平和しか考えていないのでしょう」

「なので、力ずくで勇者を手に入れると？」

「えぇ、それしかないでしょう？　勇者になってあの方に戦いを挑んで、倒してゲットですわ」

勇者ダン……それがわたくしのモノになると考えるだけで体が震える。何年も狂ったように想《おも》い続けた甲斐《かい》があった。もう、何年も欲しい欲しいと願ったのだから、あと数年は我慢できる。

そして、わたくしがあの方より強くなった時は……。

ニヤニヤしながら未来を願う。

第五章　リンリンと勇者

キャンディスと別れた後、俺は巨人について知っている人物に会いに行くことにした。

それは世界有数の高い山の一つ、その頂上で宿屋を営んでいる、物知りのおばあちゃんだ。

鉄仮面を被って俺はそこにいった。

「おや、これは珍しいお客様ですね」

「あぁ、俺だ」

「これはこれは、まさか貴方のようなお方が出向くとは」

「聞きたいことがある」

「それはそれは。丁度、先ほど同じように言ってきたお方がいましたよ。貴方とも縁が深いお方です」

「そうか」

「その方にもお風呂に入ってから、質問に答えると言いました。貴方様《あなたさま》もお風呂に入ってからいかがですか」

「あぁ」

この巨大な山の上には露天風呂があったな。彼女の言う通り、お風呂に入ってから質問をすることにするかね、気分転換にもなりそうだ。

脱衣所で脱いで全裸になる。鏡の前でポージングなどをするとカッコいいと思った。首から下の話だけど……顔はフツメンなのに、体つきはめちゃくちゃかっこいい。傷跡もたくさんあるけども名誉の負傷とも言えるので結局かっこいい。

本当に惜しいな。本当に俺顔だけなんだけどね。

さーてと、フツメンを鉄仮面で隠して露天風呂に入りましょうかね。誰かもう一人いるらしいけど、こんな山の頂上の露天風呂に入りに来るとは相当なもの好きだな。

扉を開けて、風呂に入った。湯気が立ち込めており、視界が見えづらい。だが、誰かが風呂に入っているのはわかった。


「だ、ダン!?」


リンだった。

「あ、え、えっと。ま、前隠しなさいよ!!」

あ、しまった。うっかりしていた。下を隠すのをうっかり忘れていた。ここが混浴なのも忘れていたが、女がいるなら一言言って欲しい。特にリンの場合は緊張どころの話じゃないしな。

めっちゃ綺麗だし。一瞬だけ見えたが、一つのシミもない綺麗《きれい》な体、髪も金塊を細麺にしたみたいに綺麗だった。

結論めっちゃ綺麗。思わずオドオドしそうだが、そこはいつも通り虚勢を張るしかない！

「で、でっかいんだ……し、知らなかったわ」

リンはボソボソ何かを言っている。

なんだこのラッキースケベイベントは⁉ リンが好きだった時代の俺だったら喜ぶところだったがそれは昔の話だ。

今では緊張をしてしまうだけだ……勇者なのに！ もう俺30歳になって、世界を何回も救っているのに、未《いま》だに結婚できていないのだ。

本当に30歳なのに、そろそろ結婚とかして両親を安心させてあげないといけないよな。

「さ、さっさと風呂に浸《つ》かればいいじゃない。なに、ちんたら、してるの？」

「あぁ、そうだな」

普通に体を洗って風呂に浸かった。リンはいつものツインテールを解いてお湯に浸から

ないように団子にしている。あらかわいい。

いつもの俺なら可愛《かわい》いから緊張をしたり、顔がこわばったりしてしまう。これがリンにバレたら、フツメンなのに俺様系キャラを演じていたことと、そもそもが小心者であるということがバレてしまう。

それがバレたら、恥ずかしいどころじゃない。しかし、俺はフツメンを気にして鉄仮面を被っている。ゆえに表情が変化するのが見えないのだ。

「久しぶりね」

「あぁ」

「最近はどう？」

「いつも通り、パーフェクトだな」

「相変わらず、変わらないのね」

夜空に月が浮かんでいるのが見えて、俺はただそこだけを注視している。リンの体は極力見ないように……。

「アンタ、魔法を誰かに教えたことがある？」

「ない」

「……最近、妙に上手《うま》い魔法を使うやつがいた。強いかは分からないけど、気をつけて。

アンタ色んなところで活躍しすぎてるから」

「俺が、負けると思うか」

「思わないわ。アタシが見てきた中でアンタは一番強い。二番目は誰と聞かれても答える気すら起きないわ」

「俺が負けるわけない。傷を負うこともない。昔とは違う」

「あら、自信あるのね……当然だとは思うけど」

ちゃぷちゃぷ、偶に湯船の水音が聞こえてくる。うむ、何年も一緒にいたとはいえ、緊張をしてしまってこっちから会話を振れない。

「朝食は何を食べた」

「え？　アタシ？」

「あぁ」

「えっと、卵とかサラダとか」

会話下手くそやな!!　もうちょっと芯をくった会話をできればよかったのだが。これでも前世を含めた童貞だからしょうがない!!

童貞だからしょうがないのだ!!

「あんたは？」

「肉とサラダと卵とナッツ、そして肉」

「肉二回言ってるし。健康的なご飯ね。まぁ、いいわ。アンタと話す機会、あんまりないから、い、色々聞いていいかしら？　別に深い意味はないけど……」

「……お前、結婚してるか？」

「え!?　あ、し、してない……け、結婚かぁ、そろそろとは思ってるけど……」

「そうか」

やはりリンも良い歳という自覚があるのか。俺と彼女はさほど年齢差があるわけではない。だが、リンは妖精族の王族だ。

王族となると結婚時期が早いと聞くが彼女はそうではないらしい。

平民の俺とは少し価値観が似ているのか、それとも相手がいないのか。でもサクラがいるからな。結婚の時期を窺《うかが》っているのかもしれない。

「あ、アンタはどうなの？」

「俺はノーコメントだ」

「あ、そう。どんな女性がタイプだったりするの？」

「うむ……料理が上手いとかだな」

「あ、はい」（絶対練習しよ……）

「そういうお前はどうだ」

「あ、アタシはね。つ、強くて、すごく強くて、肝心な時でも強くて……ちょっと言葉が荒い時はあるけど、優しさが垣間見《かいまみ》えるというか」

サクラだな、サクラは覇剣士と言われるほどに強い。言葉遣いは会った時はかなり荒かったし、性格が優しいのも知っている。

「まぁ、色々とね、鈍感なところもあるっていうか……」

めっちゃチラチラ見てくるなリン。何かを訴えるような視線……この視線の意味は……分かるわけないわ！

心を読むとか俺にもできん。

「お前どれくらいここに入っていた？」

「一時間くらいね。人が来るなんて考えてなかったからゆっくりしていたわ。こんな高い山の頂上の宿屋に来るやつなんていないもん。そもそも来られるやつが限られてるし」

「そうだな」

「ロータスの宿屋。初代勇者も使ってた秘湯だしね」

「そうか。お前、何か聞きたいことがあったのか？　ロータスが言っていた」

「あぁ、物知りおばあちゃんだから。聞きたいことがあったのよ」

「聞きたいことか」

「色々とね……深い事情があるのよ」

「うむ、そうか」

リンは昔から博識だったが、そんな彼女でも分からないことがあるとはな。魔法に探究熱心だったから新たなる魔法に手を出そうと考えているのかもしれない。ふっ、こういう姿勢は俺も見習うべきかもしれないな。

「そういうアンタは？」

「……深い事情がある。これは、世界の命運を分けるほどにはな」

「……そう。アンタいつもそうよね、頑張ってる」

勇者そろそろだるくなってきたしやめまーす！　ついでに後を押し付ける弟子を探してて、巨人の弟子が欲しいから巨人について教えて！

とか絶対言えないわ。

「あぁ、深い事情があるんだ」

「アタシも、深い事情が」

「「……」」（どうしよう、全然深くねぇ！）

「……」（ダンの体、尋常じゃないくらいゴツいんだけど。ちょっとくらい触っても怒らないわよね？）

「……」（リンって美人だからなぁ。湯船浸かってるだけでも絵になる。はぁ、ドキドキするわぁ。鉄仮面被っててよかった。チラチラ見てるのもバレないし）

「……あ、か、体、やっぱり凄いのね。まだ、鍛えてるんだ」

「そうだな」

「……触っていい？」

「……構わんが」

「……え、なにこれ、硬!?　え？　鉄とか入れてる？」

「入れてない」

「あ、アタシなんて、全然なんだけど……さ、触ってみる？」

「……そう、だな」

これ、本当に触っていいのか。でも、本人がいいって言ってるし……。

「……ん……あ、んん」

変な声出すなよ！　こっちまで変な気分になるからさ！


「まぁ、やわいな」

「……ねぇ、普通鎖骨触る？　腕とかにするかと思った」

「どっちでも俺からすればやわいな」

「そう……」（や、やばい、多分触られて変なスイッチ入っちゃった。このまま別に……他にも触られても）

このままだと変な感じになりそうだし。そろそろ上がったほうがいいだろう。


「……もう、いいの？」

「……あぁ」

「そう」


ワンチャン行けたのかと思うとちょっと後悔した。

その後、互いに風呂から上がり……。

「……」

とりあえず、ロータスのもとに向かった。脱衣所も一つしかないので緊張した。一言も互いに交わすこともなかった。

そして、部屋に案内され席についた。俺とリンは横並びにその前にロータスが座った。

「まさか、こんな宿屋に世界をお救いになった貴方《あなた》達がきてくださるとは」

「結構良い宿屋よ、ここは」

「リン殿、ありがたいお言葉。それで勇者殿は何をお聞きになりたいのですか」

「……うむ、巨人についてだな」

「巨人、なんで気になるのよ」

「少し、気になることがあってな」

「流石は勇者殿。気づいておいでででしたか」

「む？」

ロータスが流石とか言っているが、何に気づいたんだ？　全然心当たりがないんだが。

「以前、勇者殿が巨人の王の目論見《もくろみ》を止めたのは覚えておいでですね」

「ダンが倒したのよね。最初に妖精の国が襲われるって大事になってたから、アタシはよく覚えてるわ」

「それの罰が与えられるかのように、少々面倒なことがありましてね。勇者様は気づいておいでででしょうが、空の上、遥《はる》か空の上から大きな大きな星が降ろうとしております」

「嘘《うそ》……」

「そして、これは賢者リンリン殿が解決すべきことと『神託』にて出ております」

全然話に付いていけてないんだけれども⁉　隕石《いんせき》ってなんの話だよ。

そして、『神託』ねぇ。神の啓示とも言われている占いみたいなもんだ。この世界じゃかなり信じられているみたいだけど。

俺は全然信じてない。当たっている時もあるが当たらない時もあるからな。神が居るとか居ないとか言われているが、そもそも俺は神が嫌いだ。

リン、サクラ、カグヤ、エリザベス、勇者パーティー全員神様が嫌いだ。

「ならば、俺が行って解決すれば問題ないか」

「ダン……」

「勇者殿であればこの予言、関係ありませんね。幾度となく、予言はあなたによって打ち破られてきましたから」

巨人について全然話を聞く雰囲気ではない。隕石くらいなら軽くぶっ壊してやっても良いけど。

「それで、リン殿は？」

「あ、あ、アタシは……また今度でいいかな」

「ほほほ、あとで薬の作り方は教えておきますよ」

「薬……」

「あぁあああ！　ダンは気にしなくて良いわ」

魔法が強くなるとか精度が飛躍するとか、特別な効果がある魔道具とかの一種かもしれないな。


そんなこんなで俺は山を降りて家に帰り、就寝した。寝てから、起きて外に出る。ウィルの修行があるからだ。

「勇者様、おはようございます！」

「あぁ」

木剣を互いに持って模擬戦が始まる。俺は一歩も動かないがウィルは尻もちをついたり、息が上がる。

「まだ、できます」

「……少し、強くなったか」

「かも、ですけど。まだ足りないです。貴方に、貴方を継ぐために剣を振っていますので」

「少し強くなった自覚があるのか。なら、俺もほんの少しだけ強くしようか」

「ッ……」（今までとは全然違うッ！　一手一手が僕を気絶させることが出来るレベル、こんなに余裕ある振り方なのに、僕には余裕がない……なんて美しい剣筋）

まぁ、かなり弱めに剣を振っているがよく対応できていると評価をするべきだろうけど。他の一般的な剣士と比べるとどの程度なのかは分からない。

どっかに評価できる場所があれば良いんだけど。

「ここまでの剣筋、見たことないです。最近読んだ勇者ダンの剣術講座、新時代の幕開けなんかと全然違います。やっぱり実物と本は全然違います!!」

「だから、俺は本など出さない。それは偽物だ」

「ええ!?　中古屋で見つけたのに!?」

「……」

「でも、本なんかでは経験できない体験を僕はしています！　そう、今まさに目の前で見ることができているんだ。どうやったらここまで至れるんだろう」

ウィルがぶつぶつ言いながら笑っている。どうしたんだろうか。

「楽しい……僕はどんどん強くなっている。強くなっているんだ!!」

めっちゃ笑ってる。嬉しそうだし、ちょっとキモいんだけど。

「あて!?」

ウィルの頭に俺の剣が当たった。

「大丈夫か」

「はい！　あの勇者様」

「なんだ」

「僕にはダイヤという才能あふれる幼馴染《おさななじみ》がいるんです」

「そうか」

「本当にすごくて、今まで一度も勝てたことがない、というより挑むことすらできなかったんです」

「そうか」

「……でも、今なら少しだけ戦える気がするんです」

「少しだけ？」

「いえ、勝ちます。勝つ自信があります」

「ほう」

「多分、ですけど」

自分から才能ある幼馴染との戦いを望むとは、バトルジャンキーになってきたのか？

「やってみろ、牙なら研いでおいた」

「はい。戦うので見てください！　来週までに準備と心を整えておくので」

ウィルはどうやら来週に戦うらしい。見せてもらおうか。ウィルの実力とやらを。

もしかしたら、今回こそ、負けた時の慰めの文を書いたメモ帳が役に立つかもしれないしな。流石《さすが》に一ヶ月で何年も修行をしたやつが負けるはずがないしな。

◆　◆

次の週。

ウィルは村で薪割《まきわ》りをしていた。彼は冒険者になった後も家の手伝いをしたりしていた。冒険者として依頼をこなし僅かであるがお金も家に入れている。

少しずつ変わっていく自分を彼も周りも感じている。そして、筋力が付いて以前とは別人のように薪も高速で割れる。

「ウィル。本当に力強くなったね」

「あ、うん」

そんな彼に幼馴染のメンメンが不思議そうな目で観察をする。あまりに以前とは違いすぎて違和感が湧いているようだ。

「ねぇ、絶対なんかあったでしょ？　教えてよ」

「え？　え、えっとなにもないよ……」

「嘘だよ、ゴブリン相手に引かないし、戦ってたし、あと冒険者試験も受けたいとか言ってたよね？　あのウィルが……絶対可笑《おか》しい！」

「そ、そうかなぁ……？」

（不味《まず》い……メンメンに怪しまれている。でも、勇者ダンとの関係は絶対に秘密にしなければ……）

どうにか言い訳を考えようとするウィル、そんな彼の下に二つの影がやってきた。

「おい、ウィル。相変わらずしけた面してるな」

「薪割りがお似合いだよ。お前は」

ウィルとメンメン、二人のもとにやってきたのはダイヤの取り巻きだ。いつもウィルにちょっかいをかけてくる。

「もう、いい加減にしてよ！　ウィルに構わないで！」

「いつも女の陰に隠れやがって」

「いつか愛想尽かされるぞ」

「どっか行って！」

メンメンが怒り、二人をウィルから遠ざけようとする。

「ウィルはすっごく強くなってるのよ！　アンタ達の親分のダイヤなんかちょちょいのちょいなんだから」

「ほう、言ったな！」

「だったらオレ達のダイヤと勝負だ!!」

ふたりは待ってましたと言わんばかりにダイヤとウィルの決闘を提案した。

「いいよ！　絶対ウィルが勝つから！」

ウィルが馬鹿にされて頭に血が上っていた為《ため》にメンメンはそのままそれを承諾した。

逃げるなよと二人は言い残して、去って行った。その後でメンメンは冷静になり、口に手を当てて、やってしまったと後悔をすることになる。

「ごご、ごめん、ウィル！　あの、私……売り言葉に買い言葉というか……」

「いいんだ」

「え、で、でも」

「今日は最初からそのつもりだった、挑むつもりだったからさ」

（ウィル、『笑ってる』？　戦いが楽しみってこと……？　ねぇ、本当になにがあったっていうの。この一ヶ月で……）

ウィルは最初から決めていた。この一ヶ月の成果がどこまでなのか。

一度も勝てたことがない幼馴染との戦いが始まる。


ダイヤはもちろん、戦うことを承諾した。そして、ウィルとダイヤが向かい合う。

「俺とやるって言うのか？　ウィル」

「うん……。どこまでやれるか、試してみたい」

ウィルは手を開いたり閉じたり落ち着かない様子だった。なぜならギャラリーが居て、彼自身の根っこは小心者だからだ。

「おいおいダイヤとウィルがやるのか」

「流石に無理だろ。手も足も出ずに負けるさ」

同じ年の子達も気になって、二人の決闘に出向いていた。否《いや》、取り巻きの二人が集めたのだ。ウィルが注目され始めたのが気に食わなくて、絶対に勝てるダイヤと公衆の面前で戦わせて赤っ恥をかかせてやるつもりなのだ。

ダイヤはそれを知らない。だが、思いは違えど彼自身もウィルとの決闘を望んでいた。別人とも言えるような急成長を遂げたウィルの実力を確かめたかった。

「先手は譲ってやる。ウィル」

「ありがとう、じゃ、思い切って」

ウィルの足が地に沈む、そこからバネのように急激に加速をして、剣を落とす。風を斬るような一撃をダイヤは防いだ。

(――速いッ、こいつ、本当に強くなってやがる。短期間でどうやったらここまで……ッ)

短期間でここまでの強さを得られるはずはない、しかし、眼《め》の前の存在はそれを体現していた。それに驚愕《きようがく》と嫉妬、そして畏怖を抱く。それも束《つか》の間《ま》、攻守が入れ替わり、ダイヤが剣先を向けて突きを繰り出す。

それで決まるかに思われるほどにダイヤの剣も見事であった。大衆も僅か一瞬だけ、勝負の決着を予感した。――だが、そこからウィルは再びそれを横なぎで急所を外す。

(決まったと思ったのにッ)

戦いを見守る周りもようやくウィルが急成長を遂げ、別種の番外になりかけていることに気付き始めた。

「ウィル、最近動きが軽いと思ってたが、本当にどうしちまったんだ」

「ってか、あれどこの流派の剣術？」

「ダイヤは剛体流だろ？」

「違くて、ウィルだよ……ウィルの剣術」

その言葉は微《かす》かにだがダイヤにも聞こえていた。

（確かに大したもんだよ。でもな……俺の方が強いッ！）

ダイヤも積み上げてきたものがある。剛体流という剣を学び、魔法の才能もある。紛れもなく、強者の道を行く一人。彼の剣はさらに力を増して、ウィルの実力を確かめる剣から、彼を叩《たた》き潰《つぶ》す剣に姿を変えた。

次第に追い込まれるウィルの姿にメンメンは祈るように手を握った。自分の失言によって、この戦いが始まってしまった事を後悔して。しかし、応援もしている。なぜなら、彼女は——。

（ウィル……大丈夫だよね）

「ねぇ、これ今はどういう状況？」

「え？」

軽い間の抜けたような声。彼女が横を見るとツンツンヘアーの黒髪の男性が何食わぬ顔で二人の決闘を眺めていた。

「え、えっと村の若い人同士で決闘みたいな……、わ、私のせいなんですけど」

「そう、始まったばかりなんだ。俺に開始を言わないってことは緊張して忘れてたのか、あいつらしいな」

「……あ！　前の怪しい旅人!!」

「どうもー、怪しい旅人のバンです」

（この人、やっぱり怪しい……それに、さっきまで居なかったよね？　一体いつの間に）

「ふーん、決闘か……」

興味深そうにその怪しい旅人は決闘を眺めていた。その彼の目線の動きや独特の雰囲気から彼女はあることを悟る。

（この人、あの戦いが完璧に見えているのかな……。私は正直、見えないんだけど）

「あの、あっちの黒髪の子は勝てそうでしょうか？」

「うーん、間違いなく負けそうだね」

「あ……え、でも黒髪の、ウィルっていうんですけど。以前よりもすごく強くなってるし」

「強くはなってる、ただ積み上げた年月が違うからねぇ。どう見ても劣勢かな。まぁ、一ヶ月だしね」

「そ、そうですか」

「あのもう片方の名前ってなんだっけ？」

「ダイヤです」

「ふーん。まぁ、そのうち越せるんじゃないか？　二年とかしたら。あんまり強そうじゃないし」

「だ、ダイヤは凄《すご》く強いって有名ですけど……」

「あの二人に実力差があるのは、なんとなーく分かるけど。そんなに強いかね？　強さに段階があるのは分かるけど……どっちも俺からしたら序の序だ」

（序の序……本気で言ってるのかな。全然私からしたら両方凄すぎるけど。私が弱すぎるのもあるんだろうけど、凄すぎて、何が行われてるのかわからない。もしかして、この人は私の逆？　強すぎて、全部がそれ以下に見えてるのかな）

旅人のバンは手をメガホンのような形にして、それを口に当てた。そのまま徐々に負けを認め始めたウィルに声を発する。

「頑張りなよ！　まだまだ行けるって！　まだまだ出し切れてないモノがあるんじゃない!?」

がやっと周りが沸いた。あそこにいるツンツンヘアーの青年は誰だと、一体全体どっから勝手に入ってきたんだと言われ始める。だけど、ウィルだけはその声の主に気付いた。

先日の怪しい旅人のバンであると。どうしてここに居るのかは分からないが、彼が応援をしてくれていると気づいた。

(不思議と、彼の応援で力が湧いてくる……考えなきゃ、ある程度勝負できたで終わるなんて、勇者ダンの後継者として僕自身が許せないッ)

バチっと彼の頭に電流が走る感覚――、そうだと彼は思い出す。

(脊髄、反射……。動きの慣れ、彼の動き、眼で見てからの思考と対処……僕の動きは遅いんだ……そうか――これが)

覚悟を決めて、再び彼は一歩飛ぶ。剣を握り締め、強敵に挑む。

しかし、その行動に誰もが目を丸くした。

「は……?」

見ていた内の一人が溢《こぼ》した言葉だった。だけど、それは一人を除いた全員の思いの代弁でもあった。なぜなら、ウィルは目をつぶっていたから。

(馬鹿が、それで俺に勝てるわけもない、諦めたか)

ダイヤも勝負の決着を、今度こそ悟ったつもりだった――しかし、そこから瞬《まばた》きをする暇もなく、彼の首元に剣が向かい始めていることに気付き、大急ぎで対処を試みる。

上、下、右、左、彼は目を瞑《つぶ》りながら剣を振る。

(眼で見てから考え、対処するから遅いなら、眼もいらない)

(俺が、剣を振ろうとしたら、既にそこに剣が置いてあるッ)

強者《ダイヤ》に弱者《ウィル》が迫る。一手ずつ、一歩ずつ、攻守が入れ替わる感覚を誰もが感じていた。

「うそだ、俺が、負けるなんて——」

——ダイヤが負けを悟って最後に適当に振った木剣がウィルの頭に当たった。

最後の最後に彼は読み違えて、更には体力、気力共に限界に達していたウィルは倒れた。

限定的な未来視の再現はそれだけ脳に負担を与えていたのだ。

ダイヤは勝った。しかし、誰もその勝利に声を上げることはない。ダイヤ自身も勝ったとすら思わなかった。

「……なんだよ、なんなんだよッ。急に俺の隣にきやがってッ」

ダイヤの言葉にウィルは答えない。ただ、疲労の渦に吞《の》まれて彼は瞳を閉じていた。眠りに落ちる寸前、彼は夢を見た。

遥《はる》か先、ダイヤなんて、比べることもできない程の先に居る存在。天にすら届きそうな強さの頂に居る勇者の背中が僅かだけ見えた気がした。

『——必ず、僕は貴方《あなた》のような勇者になります』

夢の中でしかも鉄仮面を被っている勇者ダンが笑っている気がした。

◆◆

僕はダイヤに負けた。気付いたら辺りは夕焼けに染まっていて、家のベッドの上で目を覚ましたのだ。

「ウィル！」

「メン、メン」

起きたらすぐそばには幼《おさな》馴染《なじみ》のメンメンがいて泣きそうな顔で僕を見ていた。きっとあの決闘の事を気にしているのだろうと僕は悟った。

「あの――」

「――ごめんなんて言わないで」

彼女の言いそうなことは分かっていた。だから、止めた。

「あれは僕にとっては良い経験になったし！　元々、止めることも出来た戦いを止めなかったのは僕だから！　だから、謝らないで！」

「あ、うん」

そこまで言って、ようやく彼女は謝るのを止めた。

「え、えっと、頭打ったけど大丈夫？」

「うん、平気だよ」

「そっか、なら良かった……どうして私が最初にごめんって言おうとしたのが分かったの？」

「え？　なんとなくかな？　メンメンとは幼馴染だし、大体分かりそうな気もするけど」

「……ウィルって昔からそうだよね」

「なにが？」

「んー、とね。誰かの気持ちを、痛みとか理解しようと努めるとこ。人の気持ちを考えて、なるべく傷つけないようにしようとか、きっと困ってるから、困りそうになるから助けてあげようとか、よくしてたじゃん」

「そ、そうかな？」

「そうだよ……ウィルのそういう……誰かの心を理解して一歩先を行くの結構好きだよ」

メンメンがそう言って、顔を赤らめて下を向いた。思わず、ずっと心のうちに秘めていた想《おも》いを告げてしまったからだ。

「え？　ごめん。よく聞こえなかったんだけど？」

「えー、嘘《うそ》でしょー」

「あ、え!? ホントごめん!?」

「もー、じゃあ、当ててみて？ 私が今、何を想っているのか」

メンメンが上目遣いでウィルを見る。黄色の綺麗《きれい》な髪と、宝石のような美しい瞳と整った容姿、そんな少女が頬《ほお》を赤らめて雰囲気を出したら、もう、答えは決まっている。

「から揚げ食べたいとか？」

「……もぉー、こういうところだよね！ ウィルの良いところは！」

「ありがとう！」

「皮肉だよ」

溜息《ためいき》を吐きながらメンメンは立ち上がって、再びニッコリ笑った。

「ありがとね、私の事まで気にしてくれて！ あと、今日のウィル、かっこよかったよ！」

「え？ 本当!? ありがと！ ってああああ!?」

「どうしたの急に大声出して!?」

「忘れてた!!! ごめん！ 僕行かなきゃ！」

「ちょっと、ウィル!?」

ウィルはあることを思い出して、家を飛び出して走って行った。メンメンは一体全体何が何だか分からないまま、首を傾《かし》げた。

◆◆

朝練が終わり、ちょっと眼《め》を離したすきにウィルが決闘を始めると聞こえてきたので着替えて村に侵入中である。始まる前に俺に一言言えよ。

既に始まっており、状況を聞くとウィルとダイヤという子が決闘をしているらしい。おおー、頑張れ！　ウィル！

しかし、負けそうだ……。まぁ、まだまだこれからって感じだからな、ウィルは……。

でも、後悔するような負け方はするなよ。

お前、週一とは言え俺が教えてるんだぞ!!

負けたとしても得るものがないと。負けたとしてもな。

あ、俺師匠失格だな。負ける前提で考えてる。

「頑張りなよ！　まだまだ行けるって！　まだまだ出し切れてないモノがあるんじゃない!?」

そう言ったらウィルもちょっと気合をいれなおしたらしい。というか、かなりいい線行っているのでは……？　え？　ちょっと待て。

これ、勝つのか……？

流石の俺も僅かに期待をしてしまった。しかし、ウィルは最後の最後に読み間違いをして呆気《あっけ》なく負けた。でも、確かに可能性を感じざるを得ない動きだった。

これは褒めてやろうじゃないかと思い、家に帰って始まりの盾を持ってくることにする。まぁ、本物は父にあげてしまっているので偽物だけど。

起きた時に渡してやろうと待機していたら……ウィルと幼馴染、名前はメンメンと思われる女の子が話をしているのを聞いてしまった。

それにしても、ウィルは可能性の塊かもしれない。あいつこそ真の勇者になれるかも……現在の弟子で可能性のあるランキング一位はウィルかもな!!

「そ、そうかな？」

「そうだよ……ウィルのそういう……誰かの心を理解して一歩先を行くの結構好きだよ」

「え？　ごめん。よく聞こえなかったんだけど？」

うわぁ、俺難聴系苦手なんだよなぁ……、あとイチャイチャされるのもムカつくなぁ。弟子は師匠の俺が結婚するまでイチャイチャするなよ。

非モテでフツメンの俺が苦労してるのにラブコメすな。

勇者ダンの弟子は異性とイチャイチャしてはいけないって決まり作ろうかな？　それに

しても何だよウィル、俺と一番近い灰色の青春送ってると思ったらリア充かよ。超新星爆発《スーパーノヴァ》しろー。

さて、という事は始まりの盾も女の子とイチャイチャしているなら必要ないよね？

そう思って帰り道を歩いているとウィルがやってきた。

「あの！　戦う前に挨拶するの忘れてごめんなさい！」

「気にするな」

「あ、その……その手に持っている盾は」

あ、しまった。出しっぱなしだった……仕方ない、あげるか。

「やろう、始まりの盾だ」

「あ、ありがとうございます！　それと勇者様のアドバイスのおかげでまた一歩成長が出来ました！」

「そうか。精進しろよ」

「はい！」

どのアドバイスであの動きになったのか全然分からないな。取りあえず現代知識で語ればそれなりの効果と信頼が得られると思って色々言っているから分からんよ。

でも拡大解釈すれば俺のおかげか……。ならば腕組んで全部分かっていた感を出そう。

ウィルは凄く感激して、全部分かっているなんて流石だ！　みたいな顔をしている。それより、俺もリア充になりたい……。

あれ？　でもそう言えば昔……ウィルと似たようなシチュエーションがあったな。なんだっけな？　あ、そうだ。俺が『ダルダ』っていう剣士に負けた時だ。

落ち込んで宿屋のベッドの上で座っていたら……リンが慰めにきてくれたんだったな。

「何しょぼくれてんの？」

「なんでもない」

「嘘でしょ。どうせアイツに負けたの気にしてるんでしょ」

「……」

「ほらね……別にこれから勝てばいいじゃない」

「……そうだな」

「……アタシから言わせれば両方まだまだって感じだけど……」

「……」

『――でも、その……アンタの方が……か、かか、カッコよかったわよッ』

「なんか言ったか？」

「い、言ってないわよ！　ばか！」

あの時、ダルダっていう剣士に思いっきり鉄仮面に鉄剣ぶつけられて、その衝撃と金属音で鼓膜がどうにかなってたんだよなぁ。あの時、リンは何て言っていたのか……。

「あの、これからもよろしくお願いします！」

「あぁ」

「この盾も一生家宝にします！」

「そうしろ」

そう言って俺はウィルと別れた。さーてと、ウィルがこれからも頑張るようなら、今度はプレゼントで始まりの籠手《こて》でもあげようかな？

第六章　勇者、初心者冒険者の試験に出る

ウィルと別れた後、勇者ダンはタミカと修行をしていた。

勇者ダンがタミカに一本の剣を手渡す、赤のグリップに刃こぼれをした鉄の剣だ。

「へぇ、これが始まりの剣か」

「そうだ、使ってみろ」

「なるほどな……確かに重みがある、それもかなり使い込まれているようにも見えるな」

「……そうだな」

鞘《さや》から抜いてタミカは振り心地を確かめる。そして、その表情はどこか嬉《うれ》しそうだった。

「そうか、これがあの伝説の……」

タミカはいつもの強面《こわもて》の顔から僅かに笑みを溢《こぼ》した。彼女は生意気な口を利くが勇者ダンの事は尊敬をしている。ウィルとは別の側面を見ているがそれでも評価が高い事は同じだ。

尊敬している勇者から剣を渡された時の嬉しさはかなりのものだった。

「よし、試し切りをしたい。ダンも剣を抜け」

「……もちろんだ」

ダンは木剣を構える。タミカ程度はこれで十分という事なのだろう。それに若干眉を顰《ひそ》めるタミカであったがすぐさま、剣を振る。

かつんと、剣と剣が交差する。タミカは鉄の剣を振り下ろす。勇者は軽く木剣が折れない程度に保護の魔法をかけているので容易《たやす》く受け止める。

「お前はこれからどうするつもりだ？」

「アタシは……冒険者になる」

「騎士育成校はどうする」

「籍だけ置いておく、それで十分」

通常、貴族、王族は騎士育成校に通うのが伝統になっていた。稀《まれ》に平民も通うが貴族が多いので、白い眼で見られるほどに貴族が通う事が多かった。

そして、嘗《かつ》ては冒険者とは誰でもなれる職業と言われていた。

反対に騎士は学校に通った選ばれしものだけがなれるエリート職業と上下の関係があった。騎士の一部には誰でもなれる冒険者を下に見る者が居た。

しかし、これも勇者ダンの影響で大きな変革があった。冒険者上がりの少年が英雄、更には誰にも成し遂げられない偉業を行ってしまったせいで、一部の貴族の者は騎士の学校に通い、卒業をして騎士になるよりも、誰でも簡単になれる冒険者になりたいと考える者が多くなった。

大幅に騎士育成校から冒険者に人数が流れそうになったのを止めるために、先《ま》ず王国は冒険者に人数制限と試験を実施させ、更には定期的に勇者に騎士育成校で演説をさせた。

幸い、元勇者パーティーメンバーであり、貴族剣士であるサクラがこの騎士育成校に一時期通っていたこともあって、今では騎士育成校と冒険者は対等の関係にまでなった。

『お願い、勇者君、ちょっと僕の母校で……』

『なぜ俺が……』

『そこのところをお願い！』

『……俺の演説を聞きたいという気持ちは分からなくもないが』

『ありがとう勇者君！』

勇者の性格的にあまり誰かと仲良くしたりする訳でもないので、コネのあるサクラが毎回勇者にお願いをしていたという過去がある。

「籍だけ置くのか」

「あぁ、アタシの父上や兄上が五月蠅《うるさ》いからな」

「そうか」

貴族は未《いま》だに騎士育成校に通うべきという風潮がある。一時的には勇者ダンの影響で冒険者になりたい貴族が増えたが、その後、ダンが学校で演説をすることが増え、一目見たい、教えを乞いたい貴族が関係を少しでも保つために、結果、騎士育成校に貴族が集まる傾向になったのだ。

「だが、アタシは冒険者になる。以前言った、アタシは勇者になると。だからダン、お前と同じ場所から見ることにした、お前が一体どんな景色を見て来たのか」

「そうか。そこに関しては特に俺は言う事はない」

そう言って勇者は剣を振る。軽く振っただけなのにタミカの剣は宙を舞っていた。

「道具を変えた程度では変わらないのかよ」

「当然だ。その剣は俺が使っていたからこそ強かったんだ」

「くそ……もう一度だ」

諦めず、剣を拾ってタミカは走り出す、夕日に照らされながら彼らは再び剣を交差させた。


そして、数日が経過した。驚くほど早く日々は過ぎて遂《つい》に冒険者試験の日がやってくる。

ポポの町、という場所にてその試験は大々的に行われる。他の町でも一斉に試験は行われるのだが特にこの町の冒険者試験は志望者の人数が多い。

がやがやと騒がしい。数多《あまた》の種族、多数の実力者たちが集結をしていた。

そんな中、ウィルは震えながらポポの町という場所を歩いていた。動きがロボットのようにカクカクしており、上がり症で既に思考が混乱している。

(ここ、ここで冒険者登録試験が……えっとどうすれば⁉　先ずは受付⁉)

彼の前方には立派な二階建ての大きな建物がある。ウィルはそれが冒険者を取り仕切る冒険者ギルドであることに気付いた。

「あ、あそこかな?」

さらにはギルドの前に大きな銅像がある事にも気付き、目が釘付《くぎづ》けになる。鉄仮面を被り、顔は見えないが剣を掲げている英雄の像。勇者ダンの姿がそこにはあった。

当然だ、なぜならこの町は勇者ダンが初めてギルド登録をした場所であるのだから。

故にここは全ての冒険者を志す者たちにとって憧れの場所。ここから伝説は始まったのだ。冒険者試験は一年に一度、あらゆる町で行われるがポポの町が一番志望人数が多いのはそういう訳なのだ。

象徴のように勇者ダンの銅像が建てられている。ウィルは大急ぎで走り、銅像を見上げた。いつもみている勇者の姿であるが銅像はまた違った味があった。

「う、うわぁぁ!　ゆ、勇者ダンの像……」

「……」

ウィルが銅像を見上げる。しかし、それに夢中で気付かなかった、彼の隣にはもう一人その像を見上げている存在が居ることに。

「凄いな、これが勇者の像。僕もいつか……勇者になったらこんな銅像が――」

「それは無理だろ」

「え？」

「確かに憧れる理由はわかる。銅像ができるほどの偉才になりたいのも理解できる。だが、しかし、『勇者』という存在になることだけは不可能だな」

「……どうして」

「それはアタシが勇者となるからだ」

ウィルの隣にいた人物は内側から溢れる自信に包まれていた。歳《とし》は同じくらいの少女、髪色はマゼンタ、目の色は紅蓮《ぐれん》の赤。どことなくどこかでみたような気もする容姿だ。

左目には眼帯をしており、耳にはイヤリングもしている特徴的な少女だ。

「え、えっと、僕も負けないよ。だって、勇者になりたいから」

「そうか。ならアタシと同じ目標を持つ者という訳だな。お前もこの試験を受けにきたのか？」

「うん。え、えっと、ウィルっていいます。よ、よろしくお願いします」

「タミカ・トレルバーナ。よろしく」

「……っ！」

（タミカ・トレルバーナ⁉　『トレルバーナ』、ってことは王族の人ってこと、タミカって名前は聞いたことがある‼）

（初代勇者アルバート、それだけじゃない二代目勇者ダーウィンなどの歴代勇者の子孫……）

（これが、勇者の子孫）

ウィルはタミカをみて、思わず目を見開く。

——大前提として勇者ダンを知らない者などこの世に存在しない。彼は世界の頂点。天井を打ち破り、更に高みにいる存在である。

歴代勇者最強、それこそが勇者ダンなのだ。

——だが、そんな勇者ダンと同じくらいに知名度がある存在がいる。

初代勇者アルバートだ。世界で最初に勇者と言われた存在。魔王サタンを倒し、世界を救った男だ。

（魔王サタンを倒した勇者の子孫……まぁ、勇者ダンの時代に魔王サタンは復活して、それを勇者ダンが倒してるし、魔王を倒した数のトータルだと勇者ダンは群を抜いているか

ら強さだけだったら勇者ダンが余裕で強い）

（でも、初代勇者の伝説は知名度がものすごく高い。僕だって何度も本で読んだ……紛れも無い英雄であることは事実。その子孫……）

「どうした、少し黙っているが。アタシの勇者オーラにビビっているのか」

「あ、いや、勇者の子孫って初めてあったから緊張しちゃって」

「そうかよ。まぁ、これから試験だからな。余計に緊張を深めてしまったな。悪いな」

「あ、い、いいえ」

ウィルに気を遣っているのだろう。タミカは頭を下げた。別に気にしなくてもいいとウィルも身振り手振りで訴えるのだが、彼の動きが止まった。タミカの腰元には二本の剣が携えてあった。

そのうちの一本に彼は注目する。古い剣だ。

（王族で勇者の子孫なら、もっと良い剣を持っていても不思議じゃ無い。なんでこんな古くてボロボロの剣を使ってるんだろう）

「この剣に目をつけるとは良い着眼点じゃねぇか」

「あ、うん。古いのが気になって」

「ふふ、古いのは当たり前だ。何を隠そう、この剣はあの、勇者ダンが使っていた『始まりの剣』だからな」

「え？」

ウィルは思わず、自身の腰に携えていた剣に手を伸ばした。自身も彼から始まりの剣はもらっている。本人からもらっている。ということは目の前の始まりの剣は偽物だと確信する。

（僕のこの剣は勇者ダンからもらった本物の始まりの剣。だから、きっとタミカさんが持っているのは偽物。骨董品屋《こっとうひんや》にでも騙《だま》されて買わされたんだろうなぁ、王族って世間知らずなところありそうだし）

「あ、その、タミカさん。その剣偽物だよ。えっと、僕のこの剣が本物なんだ」

「なに？」

タミカは思った。こいつは何をいっているのかと。

（アタシは本人からもらっているのだから、偽物のはずがないだろ。なるほど、骨董品屋にでも騙されたか。見たところ随分気弱な印象を受ける。押し売りでもされたか）

「おい、ウィル。お前のが偽物だ」

「え、えっと」

互いに話を繰り広げる。お前の剣は偽物であると。だが、次第にあることを思い出した。

（（でも、勇者ダンからは弟子のことは秘密。この剣を本人からもらったといったらバレてしまうかもしれない。黙っておくのが吉だ））

「あ、えっと僕の剣が偽物かもしれないいな」（本物だけど）

「まぁ、アタシの方が偽物かもしれない、かもな。下手に感情的になる必要もなかった」

（本物だけど）

なんとか話が一旦落ち着いた。

「そろそろ時間か。じゃあな、せいぜい頑張れよ」

「あ、うん、互いに頑張ろうね」

「あぁ」

タミカとウィルはそこで別れた。落ち着くとウィルは再び緊張感を取り戻す。

（……そう言えばダイヤも来てるんだっけ。勇者の子孫もいるし……やっぱり緊張するなぁ……ここは勇者ダンの伝説の始まりの場所。ここでうまく行かなかったら弟子破門とかあるかもしれない!?　そうなったらどうしよ！）

先ほど話しかけてきた少女は勇者の子孫、纏《まと》っているオーラも物言いも、自分とは違う感じがした。他にもいる試験志望者も強者が多そうなイメージがあった、自分がここにきてあんな大物たちと競って勝てるのか。

（いけないいけない、僕は勇者ダンに剣を習ったんだ……大丈夫、大丈夫大丈夫大丈夫）

「いやー、これが勇者の像か。思ったより足短いんだね」

「え!?」

ビクッと体が震えた。なぜか、気づいたらまた違う人が自身の隣にいたからだ。自身と同じ黒髪、ツンツンヘアーの青年のようにウィルには見えた。背は自身より頭一つ程高い。服装は白服、下は黒ズボン、服装もウィルと彼は一緒だった。そして顔はよく見ると見覚えがあった。

「あ、どうも」

「あ、怪しい旅人の人！」

「そうそう、怪しい旅人のバンだよ。随分と緊張をしてるみたいだね」

「あ、はい。なんだか、あがり症で」

「わかるわかる。昔と違って今は試験だもんねぇ」

「バンさんも試験を受けるんですか？」

「勿論《もちろん》、ちょっと見ておかないとと思ってさ」

バンはそっと目を細めてウィル、そして彼より先にギルドに向かったタミカを見た。

「まぁ、とりあえずよろしく、互いに頑張ろうか」

「は、はい！　ありがとうございます！」

「なんだか、ウィルを見たから安心したよ」

「緊張してるのは僕だけじゃないって思ってさ」

「な、何がですか？」

「バンさんも緊張をしてるんですか？」

「当たり前さ。もっと言うときっと今日試験受ける全員してる。皆虚勢張ってるだけさ」

「き、緊張してるようには見えないのですが」

「虚勢だけ張ろうと思ってね。まぁ、緊張は消えないからさ、この状況で結果出すしかないよね」

「た、たしかに」

「この像の勇者もきっとそうだったんだろうね。おっと話しすぎた、またね」

軽く手を振ってバンと名乗った青年は中に入って行った。

（失礼かもだけど、あんな普通な感じの人も居るんだ……。緊張してるのはみんな一緒だ。よ、よし、僕も頑張ろう）

ギルドに入って行くときに、バンは誰にも聞こえない声で呟《つぶや》いた。

「全く、お前が一番手がかかるよ」

■■

ウィルと訓練を始めてから三ヶ月が経とうとしていた。彼はメキメキ強くなっているが正直、まだまだのまだまだである。これは最初から分かっていたことだ。しかし、強さは思ったより伸びているのは事実なので……ちょっと驚いているところもある。

ゴブリンや幼《おさな》馴染《なじみ》の時の戦闘を見て、意外と土壇場に強い王道的な個性なのか、どうなのかは分からないが……いずれにしても俺は全て分かっていた感を出すことに決めている。

さて、今日もウィルの訓練と言いたいところなのだがまさかの休みである。更に次の日のタミカの訓練も休みだ。何故《なぜ》かと言うと冒険者登録試験があるからだという。

試験日と二人の七日に一回の訓練が重なってしまった。こればっかりは仕方ないよね。と思いながら休日をどうするべきか俺は考えた。

そこで俺はあることを思う。勇者として引退をした後はどうするべきなのだろうかと。

今までの魔王討伐資産でニート？　いやいや、もうご老体に入る両親が働いているのに息子の俺がニートって考えられない。それにこの世界にはサブスクとかスマホとかＷｉ－Ｆｉが存在しない。

一日中どうやって過ごせば良いのだろうか？　暇すぎて死ぬ。

という事は、ある程度の職業についてこの世界においての普通の生活とかをする方向になるのではないだろうか。

勇者として生活するよりはずっといいだろうし、この方向性で考えよう。うーむ、だとすると冒険者登録をしておいて身分証を新たに発行しておくのも良い手かもしれない。

冒険者になること、つまりはギルドという冒険者を纏める組合に冒険者として登録をされるという事だ。

以前までとは違い、冒険者になるには試験が必要であり、これに受かった者はかなりの優秀な存在として重宝されるらしい。ようは簿記一級みたいなもんだろう。

ふーむ、ウィルとタミカが試験一緒だし二人の絡みも気になる……。丁度いい、鉄仮面取って俺も試験受けるか。

なんだかんだで、バンという名義で活動してバレてないな。まぁ、今まで誰にも顔見せたことないし、バレるわけないわ。何年も旅している仲間ですら気付かないんだもん。後はオーラも普段と変わるしね。

口調も変えてるしね……どうも、よろしくー。こんな感じの好青年で、名前だって『バン』にしてるし。

新たな名義で第二の人生用に冒険者の資格を取る。

弟子の監視も出来るし、一石二鳥とはこのことだ。俺は試験に行くことを決心した。

さて、ウィルが心配だったのだが……案の定、俺の銅像の前で緊張をしていたので適当に声をかけてあげた。

やっぱりウィルが一番手がかかるなぁ。

さて、バンとしてウィルを元気づけた後、ギルドで受付をすませると広い別室に俺は案内された。前世の大学の大教室みたいな場所だ。

席も沢山あるけど、既に指定されているので座って待つ。前にマゼンタ髪ヘッドが見えるけど、あれはタミカだな。それで斜め前で深呼吸をしてるのがウィルね。

今日筆記試験だよ？　そんなに緊張してどうするのよ。

冒険者登録試験は筆記試験、実技試験、面接の順に行われるらしい。筆記試験は常識問題多めだったりすると昨日ギルド勤務の父親から聞いたので大丈夫だと思っている。

席にはペンとテスト用紙が裏返しに置いてある。学生の頃を思い出して懐かしい気分である。膝に手を置いて待っていると試験官と思われる黒スーツの男性が現れた。

かなり年取っているおじさんだ。

あれ？　あのおじさん、どっかで見た覚えがある。

「初めまして。この町のギルドマスターをしている、トールだ。私が試験監督を行う。まずは他人の答案を見ることは当然禁止だ。怪しい行為は直《す》ぐにつまみ出すからそのつもりで」

まぁ、当然だよな。そう思っていると周りがざわざわ騒がしい。

「お、おい」

「勇者ダンをギルドに入れたのって、あのギルマスなんだろ」

「伝説の語りべ、トールだ」

あー、そう言えば居たな。俺が冒険者になったのは五歳の時だからあんまり覚えてないけど、あの人に頼んだわ。

「諸君。このギルドはあの勇者ダンを生み出した名誉あるギルドだ。そして、私がその登録処理を行った。私には最初から分かっていた。この小さな少年が世界を背負う程になるとな」

「「「「おおー」」」」

この件いる？　あのおっさん、それっぽいこと言いたいだけだろ。だって、昔の記憶だけど、俺が登録したいって言ったらつまみ出そうとしてたぞ。しかも何も知らんみたいなあほな顔して鼻ほじってたし。

ウィルも感心して聞いてるし、やっぱりチョロいな、アイツ……いや、でも一生ピュアで居てくれた方が勇者になっても永遠にやってくれるかもしれない。

ウィルは一生馬鹿で居てくれ。

「次なる勇者のような大物の誕生を期待する……、では試験はじめ！」

そう大声で言うと、全員が紙を裏返した。うわぁ、この全員で紙を裏返す音懐かしい。ちょっと苦手だったな、この音。

さて、切り替えて問題解くか……。えっと、絵画のモンスターの特徴の内、間違っているものを選べ。

意外と簡単だな。これはウィルもタミカも楽々筆記は突破だろう。そう思って問題を解いて行くと、最後の二問で俺はペンを止めた。

Q勇者ダンが魔王サタンを討伐したときの気持ちを答えよ。

その時、その問題を理解した時、俺はトヽラヽウヽマヽを思い出してしまった。

俺が初めて討伐した魔王はサタンという名前だった。名前のまんまじゃんという感想を当時は抱いた。しかし、問題はそこではない。

俺は魔王サタンを討伐したとき、達成感と興奮、そして俺が本当の意味で勇者になったと理解して……。


――射精してしまった。


いや、本当にびっくりするぐらいアドレナリンが出ていた。本当に興奮してたのだ。だって魔王を討伐したんだぞ？　興奮して気持ちよくなって射精しちゃうだろ!!

当時は格闘家のカグヤはまだ加入していなかったので、リンとサクラ、あとエリザベスだけだったのだが、ようやく魔王を討伐して喜ばしい雰囲気なのに俺は射精がバレたら死ぬと思って遠ざけた。

『来るな、呪いだ……呪いが俺にかけられた。だから、来るな』

こう言うしかなかった。魔王を討伐して、なんかイカ臭くない？　とかリンに思われたら最悪だった。ついでにサクラにもだ。更についでにエリザベスにも、だから、適当に呪いと言って遠ざけるしかなかったのだ。

あとで聖剣の力で呪いは払ったと言ったけど、聖剣にそんな力はない。帰りの宿屋でリンとサクラとエリザベスは同じ部屋に泊まってたけど、実はアイツ射精したとか裏で言ってないか、不安だったんだよなぁ。

これが不安でしょうがなかった、本当に不安だった。俺様系なのに、フツメンで魔王討伐したら射精するとか……手に負えないだろ。

しかも13歳の時だし、まだまだこれからって時に。

もう、トラウマ以外の何物でもない。最近まで忘れてたのに……思い出してしまった。

はぁ。急に萎えて来たわ……。

この問題は適当に書こう。えっと、

Q勇者ダンが魔王サタンを討伐したときの気持ちを答えよ。

A普通に嬉《うれ》しかったです。

次は……。

Q勇者ダンが孤独であるという見解について、それに反論、若しくは同意のどちらかを示し、その理由を鉄仮面という言葉を使い説明しなさい。

「っち」

おい、思わず舌打ちしたぞ。なんだこのクソ問題。俺に失礼過ぎるだろ。別に孤独じゃ……いや、孤独だな……。

しかも鉄仮面って言葉を使って、ってなんだよ。意味わからん。これ常識問題なん？これ本当のこと言うと、元々フツメンだから気にして鉄仮面を被っていた。しかもパーティーメンバー全員顔が良くて、俺様キャラやっちまったけどフツメンだから、鉄仮面が取るに取れなくなった。

以上の結論から勇者ダンはパーティーにおいてある意味では孤独な存在であるという結論になる。

という答えになるけど……。これをそのまま書くわけにはいかない。

Q勇者ダンが孤独であるという見解について、それに反論、若しくは同意のどちらかを示し、その理由を鉄仮面という言葉を使い説明しなさい。

A勇者は孤独である……理由はパーティー内で一人だけ鉄仮面を被っていると統一感がな

い不審者に見えるからである。

この問題配点は十点らしいけど……多分五点いったな。というかこの問題についてこれ以上考えたくない。他の問題はあってるし、筆記は合格だろう。

そう思って、俺は寝ることにした。テストが早めに終わった学生のように机に腕を乗せて、その上に頭を乗せて目元を隠す。

おやすみー。

◆◆

筆記試験が終了し、受験者たちの答案が集められた。ギルドでは答え合わせをして、合格者を既に選び終えていた。

ギルド職員が五人ほど集まって、今回の入試について意見を交わしている。

「ギルマス、今年はどんな受験者たちがいるんですか？」

一人の制服を着た男性職員が、とある男性に聞いた。勇者ダンを冒険者登録した伝説のギルド職員であり、ポポの町の冒険者ギルドにおいて今一番偉い男、トールである。

「今年は文字通り、豊作になるかもしれん」

「と言うと」

「この二人を見てくれ」

そう言って、ギルドマスターのトールは二人の受験者のテスト出す。そこにはウィルという名前とタミカという名前が書かれた二枚のテスト用紙があった。

五人ほど集まっていたギルド職員たちは示された答案を読む。

「特に私が注目したのは、この問いだ。勇者についての問題だ」


――ウィル。


Q勇者ダンが魔王サタンを討伐したときの気持ちを答えよ。

A先《ま》ず、彼が魔王を倒した時に感じたのは安堵《あんど》であったと思う。彼の経歴を辿《たど》れば彼が如《い》何《か》に善の為に身を粉にしてきたかがわかる。善の為に今尚《いまなお》、生き続け、頂点に立ち、平和の抑止力としてあり続ける。恐らくだが小さい時から彼の精神は完成していたのだと思う。口調や言動も特に変わらず、必死に鍛錬を続け、ずっと魔王を倒す彼は誰よりも平和を小さい時から願っていたはず。平和を実現したとき、彼は何よりも平和になった世界に対して安堵を得たと思う。

――タミカ。


Q勇者ダンが魔王サタンを討伐したときの気持ちを答えよ。

A彼は憤りを感じていたと思う。人を想《おも》い、他人のために命をなげうつ彼からすればもっと力を欲していたと思う。もっと強くなれると感じていたはずだ。だからこそ、彼は今現在誰よりも強い勇者となっている。あの魔王を討伐した時に満足をしていたらただの勇者となっていた。しかし、彼はそこで満足をしなかったからこそ歴代最強と言われているのだ。


まだ、足りない。強さが。自身の実力の低さに彼は怒りを持っていたと私は考える。


「これは、タミカ。中々に尖《とが》った答えだ。流石は勇者の子孫であるというところか」

「確かに尖った答えだ。しかし、一本芯が通った答えでもある。そしてウィルという少年は勇者ダンという存在の事をよく理解している。私も初めて彼を見た時、この子は平和を何より考えていると思ったもんだ」

「「おおー。流石ギルマス。既に見抜いていたのですね」」

「まぁな、一方でこの問いについて論外の答えもある。彼、ミスターバンの答えだ」

　そう言ってギルドマスターのトールはもう一枚の紙を出す。そこにはバンという名前の青年の答えがあった。

　――バン。


Q勇者ダンが魔王サタンを討伐したときの気持ちを答えよ。

A普通に嬉しかったです。


「舐《な》めてるのか？」

「やる気ないんだろ。それかサイコパス」

「しかも、嬉しかったですってなんだよ？　まるで自分が討伐したみたいな言い回しだな。頭大丈夫か？　こいつ」

「しかし、この最後の勇者についての二問以外は全部正解してるぞ」

　やる気なく、たった一行だけ書かれている文言にそれぞれが見解を示す。そして、ギルドマスターのトールが自身の意見を述べ始める。

「確かに他の問題は全問正解。しかし、この青年、年は20歳らしいが、実にナンセンスな答えだ。勇者ダンという存在についてまるで理解をしていない」

「世間知らずなんですかね」

「恐らくだがな。このウィルやタミカという二人の回答に比べてあまりに回答が陳腐過ぎる。私の長年のギルド職員としての勘、なにより勇者ダンの才能を見抜いた眼《め》が雄弁に語っている。彼は大成する器ではない」

「まぁ、点数は取ってますし筆記は合格ですが……二人に比べると大分、見劣りしますね」

「今年はピンからキリまで差が激しいな」

それぞれギルド職員が見解を述べた。バンは最後の二問は不正解だが他の問題は正解なので無事合格した。そして、ウィルとタミカも無事に筆記は合格した。


筆記試験が終わり、次は実技試験であるがそれは筆記の次の日である。なので筆記が終わり、その試験に合格をした者は宿屋で明日に備えて休むことになる。

ウィルは飲食店で食事をとっていた。筆記試験に合格をしたことに喜ぶ彼であったがこれからの事を考えるとどこか緊張がぬぐえない。そんな彼の下に一人のツンツンヘアーの青年がやってくる。

飲食店はカウンター席や丸テーブルの周りに三つほどの椅子がある席などで構成されている。勇者ダンの鉄仮面フェイスの絵画、特殊な鉱石によって作られた常夜灯が置いてある。

「相席いい？」

「あ、バンさん！　どうぞどうぞ」

一人ぼっちでは寂しいような気もしていたので、丁度良いとバンという青年の相席を許可する。

「明日は実技試験だね、緊張してるでしょ」

「あ、もう疑問ではなく断定なんですね」

「だって、君は絶対緊張してるから」

「あはは……まぁ、そうですね」

「筆記試験は五十人しか受からなかった。更には明日の実技で半分以下の二十人になるらしいからね、まぁ緊張はするよね」

「え、ええ、そうなんです。スーヤ山脈に行くって事は聞いてるんですけど……何をするのか不安です」

「それでも戦いながら頑張るしかないね」

バンの落ち着いた笑い声と話し方にウィルは何だか不思議な感覚を覚えていた。

（この人……どこにでも居そうで勇者ダンみたいに特別な雰囲気はしない……彼とは真逆、のほほんとした感じだ。緊張してるって言ってたけど全然そんな感じしないなぁ）

（ある意味でぶれなさ過ぎるというか……そういう意味では勇者ダンに似ているような似てないような、なんか自分で考えていて意味が分からなくなってきた……）

試験の緊張はどこかに行ってしまったのか、代わりに眼の前の訳分らない不思議な存在に頭を悩ませていた。ローテンポのローテンションな間延びした話し方がどうにも心にひっかかった。

「気にするなって言っても君みたいなタイプは緊張するからね。これ以上は何も言わないよ。どうせ緊張で思ったように動けないだろうしね。だから、いつも以下の動きでもやれるだけやりな」

「あ、ありがとうございます？」

（アドバイスしてくれる、優しい人なのはわかる。本当に不思議。この人、多分緊張はしてないんだろうなぁ。本当に色んな人が居るんだなぁ……勇者の子孫もいるし）

ウィルが朝、勇者の銅像前で会ったタミカを思い出していると、そのタイミングで丁度大声が響いた。

「──なんだと⁉　このガキ！」

「アタシは当然のことを言っただけだ」

飲食店が静まり返る。誰もが声のする方を見ると、タミカが大柄で柄の悪い男性に絡まれていた。彼女の周りにはその取り巻きが居て、全員で取り囲むようにタミカを睨《にら》む。

「おい、見るに堪えねぇ、消えろ」

「クソガキが」

(た、タミカさん!? 何があったんだ!?)

タミカの胸倉を摑もうとする大柄の男だが次の瞬間その腕をタミカに握られ、握力で潰される。

「やめとけよ、握り潰すぞ」

「——っ」

彼女の握力で右腕を潰されかけ、痛みに悶《もだ》える男性を睨みつけた後、彼女は腕を放した。

そして、金を店主に多めに払った。

「お金が多いです……」

「騒ぎの分、やるよ」

そう言ってタミカを睨みつける取り巻きに手を出させない剣幕《けんまく》のまま、ポケットに手を入れて彼女は去って行った。

(何があったのか知らないけど……やっぱり凄い)

大柄の男とその取り巻き、そしてタミカ、バン。あらゆる存在が交差する明日の試験に改めてウィルは気を引き締めた。

「おい、あれどうしたんだ？」

「ほら、聞いたことあるだろ。何年もずっと試験に受からないルータをあの大男とその取り巻きが馬鹿にしたんだよ」

「それであの勇者の子孫がきれたのか？」

「気に食わないって言って、お前たちが他者を踏むならアタシも踏むって」

「ほぇ」

「毎回ルータは筆記までは受かるんだけどなぁ。そっからダメなんだよ」

「ルータは今年で何回目の受験なんだ？」

「今年で十回目らしい。普通は諦めるんだがな」

ルータという青年が馬鹿にされ周りから虐《いじ》められたのを、タミカは納得がいかずに喧嘩《けんか》を売ったようであった。それを知り、ウィルはやっぱり凄いなと感じる。

曲者《くせもの》、弱者、そして強者が交差する試験が目の前まで迫っていた。

◆◆

　次の日、五十人の筆記試験合格者が冒険者ギルド前に集められていた。彼等《ら》の前には一人の優しそうなギルド職員の男性が立っている。

「では、試験の説明を致します。まずはコチラを見てください。モンスターのブラックキャットです」

　男性の前には可愛《かわい》い小さな黒猫が一匹いた。黒猫の耳にはリボンが付いている。

「こちらは調教《テイム》されているので、皆様を襲う事はありません。しかし、人間を見た途端、逃げるように躾《しつ》けられています。察しの良い方は既に気付いていると思いますが、試験はこのリボンが付いているブラックキャットからリボンを奪う事。ちなみにですが、このブラックキャットに危害を加えることは禁止です」

　小さな黒猫サイズの可愛い生き物、これもモンスターである。しかし、人懐っこい性格でよく人々の家族《ペット》として暮らすこともある。戦闘をする事も出来るが何よりも素早さが群を抜いており、逃走を得意とする。

「既にこのポポの町の付近にあるスーヤ山脈地下に二十匹放たれています。そう、つまり捕まえられる数は皆様の思った通りでございます。実技試験合格者は限られていますのでお早めに……」

　彼はそう言ってニッコリ笑う。

「更に、正午までという時間制限もあります。それを過ぎた場合も不合格になりますので……では今からスタートです。皆様、頑張ってください」

そう言うと誰もが町からスーヤ山脈の方角に走ろうとする。しかし、タミカだけは止まり、町の出口で腕を組む。

「襲うならここでやれよ？」

それは昨日の大柄な男に言っているようであった。タミカの言葉にニヤリと笑いながら彼等は向かい合う。

「ほう？　気付いたのか？」

「当然。下種な存在の考えることなど容易に想像できるしな。どうせ、閉鎖的なダンジョンでアタシを襲う気だろ、それよりもここで決着をつけた方が手っ取り早い」

周りの受験者は彼らに気を配らず、先に進んでいく。タミカは後からでも容易に巻き返せると思っているのだろう。

「全員でかかってこい」

「へっ、いいだろう。叩《たた》き潰《つぶ》してやる。おいお前等、ブラックキャットは殺傷禁止だが、人間は禁止されていない。二度と立ち上がれない程度に潰せ。勇者の子孫だからといって手加減をする必要はねぇ」

そう言われてタミカに十名ほど襲い掛かる。彼等は集団で冒険者試験に臨み、数による協力で合格をしようとする者達。数こそ強さの一つの答えであることを人であれば誰でも知っている。彼等も生意気なタミカをまずは叩き潰してやろうと考えていた。

更に、試験に出遅れても町外で待ち伏せをしてブラックキャットを捕まえた受験者を捕まえて奪うことまで考えていた。一対十、普通なら負けは確実、近くで心配で見ていたウィルも見過ごせないと思い介入をしようと思った。しかし、一瞬で戦況は変わる。

正に閃光《せんこう》のような速さで乾いた音が響いた。タミカは持ってきていた木剣を彼等の鳩尾《みぞおち》、頭蓋骨、首、それぞれに当て彼らを地にねじ伏せた。

「それはアタシのセリフだ。二度と立ち上がれないようにしてやる」

強気な物言いだが、木剣で戦い後遺症にならない程度に傷を抑えているのは強者の慈悲であるのか、そのまま剣を大柄な男に向ける。

「――馬鹿な……」

彼は取り巻きがやられた事に驚きで目を見開く。遥《はる》か上を行く強さを持つ者に彼は畏怖した。

「ひゅー、これは才能ありだな。タミカ・トレルバーナは才能がないと言われていたが……そうでもないのか？」

遠くで見ていたギルド職員もタミカを見て笑みが止まらない。明らかに他者とは一線を画する強さに新たなる時代を感じてワクワクもしている。

「クク、だが、木剣、その甘さが命取りだ。俺の大剣には敵《かな》わない。触れた途端お前ごと斬るぜ」

彼は背負っていた鉄の大剣、タミカと同じくらいの大きさの剣を両手で握る。しかし、タミカは涼しい顔で片手をクイッと出し、挑発をした。

再び額に怒りをにじませ、彼は大剣を振る。木剣で受ければ間違いなくタミカごと斬られてしまう。しかし、彼女は刃の部分ではなく、大剣の柄の部分に木剣を当て、ぴたりと彼の剣を止めた。

「群れることは否定しないが、それで他者を下に見るお前は弱ぇよ」

そのまま、首元に剣を当てた。巨体の男が数メートル飛ばされ、宙を舞い地に落ちる。倒したらそれに興味を無くしてタミカは山脈に向かう。

受験者は殆《ほとん》ど先に山脈に向かったが、一部彼女の戦闘を見ていた者がいた。ウィル、バン、そしてルータである。タミカの強さに驚愕《きょうがく》するウィルとルータであったが彼女が山脈に向かうのを見て、自身達も山脈に向かい始めた。

冒険者ギルド実技試験、五十人中十三人、脱落。残り三十七人。

試験は始まったばかりだ。

タミカは先ほど、十三人の受験者を脱落させた。彼女はそのことに後悔はしていない。

しかし、何かしら心に引っかかりがあった。

(妙だな。アタシに目をつけていた輩《やから》は倒したというのに、この違和感はなんだ)

スーヤ山脈にてブラックキャットを探しながら彼女は違和感の正体を洗い出そうとしていた。しかし、どうしても答えが出ない。

そんな時、あることに気付く。誰かが自身の跡をつけていたのだ。

「……誰だ」

「――流石、気づいていたようだなぁ」

嘲笑《あざわら》うような声だが、聞き覚えのある声だった。姿を現した男に彼女は怪訝《けげん》な目を向けた。なぜならその男は昨日あの大男とその取り巻きに馬鹿にされていた、ルータという男だった。

「なるほど、アタシは一杯食わされたという事か」

「違うさぁ。俺は文字通り毎年受験をしていたし、それを理由にアイツらに絡まれていたというのも本当の事だ。アイツらと俺がグルでお前をはめようとしていたという事はない」

ルータは笑う、その不気味さにタミカは始まりの剣を抜こうと手をかける。戦闘態勢に移行した彼女と、ルータの姿が変貌するのはほぼ一緒であった。

人の子であった彼の額から唐突に角が生え、肌の色は綺麗《きれい》な白に近いものであったが、気味の悪い青色に変色した。

細身であった体も厚い胸板を持つ身体に変わる。生まれ変わったように彼は覇気を持つ化け物に変わった。

「魔族か……」

「ほぉ、驚かないのかぁ、やっぱり潰しておくかぁ」

魔族と言われる種族は危険で残忍、彼らにあったら逃げろとすら言われている。

「なぜ、アタシを狙った」

「そりゃあ、お前が勇者の子孫だからに決まっているだろ？　それに戦闘能力の高さも加味すると……今消しておいた方がいいと思ったのさ」

「そうか。魔族の心意気は砂利のようだが……その見る眼《め》だけは本物だな」

そこまで聞いて、これ以上耳を傾ける必要はないと彼女は判断した。

ガキン、と始まりの剣と魔族の長い爪が交差する。金属と爪だというのに音はとても重い。

魔族の身体能力は人族であるタミカよりも優れている。しかし、それだけでは戦闘は決まらない。

大振りの爪と研ぎ澄まされた剣が拮抗《きっこう》するのはそういうわけだ。

頭上を狙う爪、紙一重でよけながら彼女は願う。

(もっと力が欲しい。まだ、アタシは上に行けるはずだ。父上や兄上に……)

彼女は勝てる確信があった。勇者ダンとの訓練で成長をしている実感もあった。

しかし、魔族もただの弱者ではない。ルータは更にスピードを上げる。タミカはまだ15歳、対して魔族は40歳を超えている。成長をずっと続けるタミカであったが、高種族の強さの厚みに僅かに押された。

魔族の蹴りがタミカの腹に当たり、彼女は宙を舞う。


同時刻、なんらかの戦闘音が何度もスーヤ山脈の地下に響いた。閉鎖的な場所であり音が籠るという僅かな特徴があるが、流石《さすが》に全ての者にその音は聞こえない。聞こえるのは近くに居る者だけ。

(なにか、音がする？　これって、金属音？)

偶々《たまたま》ウィルはブラックキャットを探してその付近を歩いていた。彼は金属音に気付いて、その場所に走った。

（何か嫌な予感がする……）

彼は走って、タミカとルータが戦っている場所に辿《たど》り着いた。タミカは腹を押さえて、血を吐いた。しかし、目は全く死んでいない。

（助けないと）

ウィルは一瞬でその思考になった。先ほどまで自身よりも格上で、きっと自分なんかとは別次元に今は居ると思っていたのに、すぐさま彼の中では守るべき対象になった。

彼の頭は冷えたように冷静であった。助けないといけない対象になった瞬間、彼の身体は文字通り全力を出せる。

（今、きっと彼女は怪我《けが》をしている、肋骨《ろっこつ》を手で押さえている。折れているのか、怪我をしている。ざっと見て、出来る限り最適解に導かないと）

極限の集中の中で彼は壁側に追い込まれていたタミカの前に立つ、ルータに向かって石を投げた。

「っ⁉」

そのまま避けたルータに向かって、剣を抜いていた。

「お前かよ」

「助太刀させて、タミカさん」

剣を振るったが案の定避けられ、カウンターを喰《く》らいかける。だが、ウィルはそれを剣で受け止める。

(こんな戦いに踏み込むような奴《やつ》には見えなかった。銅像の前では明らかにずっと緊張で震えていたが……別人か……?)

あまりにも戦いなれているような動きと表情の違いから、一瞬だけ別人だと思い込んでしまった。筆記の時からビクビクしていたウィルの姿は何処《どこ》にもない。

(まぁ、アタシよりは下だ。だが、数秒ならあれと打ち合えそうだ……なら)

「ウィル、数秒耐えてろ」

「う、うん」

タミカは魔力を集中させ、詠唱を始めた。

「焰《ほのお》の礎・灰を生み・我が身に施せ」

先ほどまでの戦闘では、魔法を発動するための詠唱と魔力統一、集中力を魔力に割けなかった。だが、既にウィルが加勢したことによってそれが完成する。

「炎の剣《エンチャント・ブレイズ》」

魔法によって炎を纏《まと》った剣を持って彼女は向かう。目線の先では既に数秒を稼ぎ終えて、ボロボロになり始めるウィルが居た。

「離れろ」

ウィルとルータに向かって言った言葉。ウィルは直《す》ぐにどいたが、ルータもあの剣は不味《まず》いと察する。

第三階梯《かいてい》魔法炎《エンチャント・ブレイズ》の剣。剣に炎を付与するシンプルな性能だが、剣の威力、そして皮膚を焼いて斬るという多大な効果を付与する。

爪すらもきっと切り裂く剣から、一瞬離れようとするがルータの足元には始まりの剣が刺さっていた。

(このガキ、離脱した瞬間に投剣しやがった⁉)

「調子に乗るな、ガキが！」

「あぐっ！」

ウィルの投げた剣は彼の足に刺さっており、逃走を阻害した。しかし、激昂《げきこう》したルータによって殴られたウィルは、僅かな戦闘だがダメージを受けてそのまま気絶。

「終わりだ」

「ぐがぁぁあ‼」

タミカは胴体を炎で斬った。魔族ルータの体は爆炎に包まれ絶命した。そのままタミカも疲労により気絶。

　ウィルもタミカも気絶した。残り試験時間は二時間を切っている。

　彼らの問題は残り時間内に目覚めブラックキャットを捕まえることだけかに思われた。

　しかし、それだけではなかった、脅威は残っていたのだ。

　胴体を斬られていた魔族、ルータはすぐさま蘇《よみがえ》った。胴体がくっつき起き上がったのだ。

（く、くそがぁ、危なかったぁ！　四天王に授かっていた治の石《ヒールストーン》が無かったら死んでいたぁ!!）

「はぁはぁ、ふふふはははははは。だが生きているぞ。そして、確信した。お前ら二人共ここで殺しておかなければ」

　気絶した二人に迫ろうとする魔族。鋭い爪で頭を割いて、一瞬で絶命させるつもりで腕を上げる。

「頭を割って、脳をかき出せば、確実に――」

「――ちょっと、待ってくれよ」

　緊迫した空間に間の抜けた声が洞窟内に響いた。

「その二人は文字通りの候補なんでね」

眼を向けた先にはツンツンヘアーの黒髪の男が立っていた。顔つきは柔らかいような硬いような、何とも言えないどこにでも居るような雑草のような顔。思わず毒気を抜かれてしまいそうにすらなる。

「人族か……。今のうちに尻尾を巻いて逃げれば見逃してもいいぞぉ？」

「いやいや、俺が居なくなったら二人を殺すでしょ。それ、凄《すご》く困るんだよね」

「なに？」

困るというモノ言いに首を傾《かし》げるルータ。しかし、未だにヘラヘラしながら男は笑みを向けている。

「それにしても大したもんだよ。まさか、二対一、更には生きているとはいえ、魔族を一回撃破するとは。タミカが最近、新しい魔法を使えるようになったって喜んでたけど、あれね」

「見ていたのかぁ？」

「まぁね。全部じゃないけど」

「ほう？　ではなぜ今更出てきた？」

「そんなの決まってるだろ？　だって――」

人族の男は何事もなかったように、さもそれが世界の真実であるかのように軽く口を開いた。

「――俺が出てきたら全部終わるからだよ。一応、若者に成長の機会をあげたいだろう」

男は魔族に向かってゆっくり歩きだす。ポケットに手を突っ込んだまま無防備な体勢でだ。

「馬鹿が！」

そう言って彼に向かって鉄のように固い爪を向ける。彼の体を引き裂いて真っ赤に染めるつもりでいたのに――。

――魔族は宙を舞っていた。

（え……？　俺は、一体？　投げられた？）

一瞬で天地が逆さになった。投げられたと勘違いした彼であったが直ぐに正解に気付いた。地には首から上が取れた自身の身体があった。そして、自分の首が天に。

（あ、ありえぬ、な、なんだこれはッ⁉）

驚愕《きょうがく》する魔族。何も見えず、感じる間もなかった。目を見開きながら異常の対象を見つめる。男がポケットに手を入れたまま、蹴りを顔面に喰らわせただけである。

その事実を確認し、益々《ますます》あり得ぬと事態を認知できない。

（こ、こんなことが、人間にこんな……！　こんな化け物が！）

「うーん、この感触。大分下っ端の魔族か？　でもまぁ、倒したことには変わりないか。大したもんだよね、二人も」

「だ、誰だ？」

「まぁ、魔族とか無限に湧いてくるしね」

「お、お前は？」

「ん？　なんだって？」

「お前は、だ、誰だ？」

「——そりゃ、勇者だよ」

◆◆

ウィルは目を覚ました時、体中が悲鳴をあげていた。という事はなくいたって平常通りの感触だった。

「あれ？」

「あ、目覚めた？」

「バンさん。あの、僕……」

「よく分からないけど、僕が来た時には二人共気絶してたみたいだね」

ウィルの横には苦渋の顔をしたタミカが居た。彼女の顔を見てウィルは大体察した。自分達は眠り過ぎた。もう、冒険者試験は終わっているか、終わっていなくてもここから間に合うはずがない。

ブラックキャットを探してリボンを奪い、更にはそこからギルドまで帰る。他の受験者も既にリボンを奪っているから数は少ない、そこから見つけるのも一苦労だ。

「あ⁉　試験は⁉」

「あ、試験ね。あと一時間もないだろうね」

「えぇ⁉　ってことは……」

「合格だろうね」

「そうですよね……合格⁉」

「これ、二人にあげるよ」

バンはそう言って二人に青色のリボンを差し出した。

「今、十八人までゴールについてるから早く行った方が良いよ」

「え⁉　えっと、でも、バンさんは」

「僕はいいよ、あてがあるんだ。それより、どうする？　いるの？　いらないの？」

「え、えっと……でも」

「アタシはもらう……自分の力で取れなかったことはムカつくけど。ここで足踏みはしていられない」

「はいよ。君も貰《もら》っておきな」

そう言ってバンは二人に投げるようにリボンを渡す。迷いながらも二人はリボンを掴んだ。そして、そのまま三人でギルドに向かう。まず、町に着くと最初の職員と彼の下には説明をした際に一緒に居たブラックキャットが見えた。

「さて、俺はこの猫のリボンを貰おうかな。問題ある？」

「……いえ、ございません」

試験官から軽くリボンをもらい、彼は何事もなかったように軽い足取りで受付に向かう。

バンが去る背中に、試験官は思わず声をかけた。

「気づいていたのですね。なぜ、わざわざ山にとりにいったのですか？」

「……あー、大した意味はないかな。どっちにしろ合格はできただろうし。強いて言うなら、気になることを見てたみたいな？」

「……それほどの自信があれば何も言うことはありません。見事な観察眼に感服するばかりです」

試験官は一礼をした。見事、裏を読み取ったバンに敬意を表したのだろう。

「では、皆様で最後の合格者という事になります。受付に申し出てください」

「はいはい」

ウィルとタミカは三本目のリボンを難なく入手したバンに驚きを隠せなかった。

「どうしたの？」

「あの、リボン二つも取るなんて凄いなって」

「あぁ、昔からブラックキャットとかの特定のモンスターには好かれるんだよね。山脈適当に歩いていたら勝手に寄ってきたんだ」

「えぇ!?　それも驚きですけど、試験官のブラックキャットのリボン取るだなんて、気付けるのも凄いです！」

「それに対してはアタシも同感だ。視野が広いんだな」

「まぁねぇ。視野は広い方かもね」

けらけら笑いながらバンは先に進んでいった。本当に掴《つか》みどころのない人だなとウィルは感じたが彼のおかげで合格できたことに感謝の方が大きかった。

「感謝する。アタシの名はタミカ・トレルバーナ。第一王女だ。この礼は必ずする」

「ぼ、僕もします」

「どうも。そのうち返してもらうから」

バンは適当に手を上げて、二人を宥《なだ》めて一人歩いて行ってしまった。残された二人は独特の雰囲気に包まれる。

「アタシは倒した、魔族を」

「さ、流石勇者の子孫だね！」

「……そのはずだが、妙な違和感もある」

「そ、そうなの？」

「バンか……幽霊のような掴《つか》み所《どころ》のないやつだ」

――ウィル、タミカ、バン、その他十八名、合計二十一人。実技試験突破。

実技試験が終了し、次は面接試験である。しかし、試験と言ってもそこまで堅苦しいものではない。筆記と実技で合格をした者達は既にある程度の実力者として認められており、この時点で合格と言っても間違いはない。

だからこそ、彼らはようやく一息吐けた。ウィルはまだ若干の緊張はしているものの、先ほどまでの慌ただしい雰囲気は消えていた。

そして、面接が始まり、先《ま》ずはウィルが個別の部屋に呼ばれた。

「ウィルと言います。イシの村という所に住んでいて」

ウィルは椅子に座り、前には机の上に資料を置いて彼の話に耳を傾けるギルド職員が三人。二人は何処《どこ》にでも居る普通の職員、しかし、もう一人は世界的に有名であり伝説の勇者ダンを冒険者登録したトールである。

「君はなぜ、冒険者になろうと思った？」

「僕は勇者になりたいんです。だから、強くなりたくて」

「……勇者か。懐かしい、嘗《かっ》ての私が送り出した勇者ダン……。君の考え方は恐らく彼と酷似している」

「考え方？」

「今のは忘れてくれ。さて、質問はここまでだ……。退室してくれて結構だ」

ギルド職員のトールがそう促すとウィルは退室して、今度はタミカが部屋に入った。ウィルと同じようにある程度の善悪の区別などがつくことを確認して、トールは再びあの質問をする。

「なぜ冒険者になろうと思ったのか、聞いても良いかね？」

「強くなるため。アタシは勇者を目指している。そのためには世界に奉仕する力がいる」

「……勇者か。懐かしい、嘗ての私が送り出した勇者ダン……。君の考え方は恐らく彼と酷似している」

「そうだ。アタシは勇者になる。それ以外に理由はない」

「もういい、これで終了だ。退室してもらって構わない」

タミカも退室して、次なる実技試験合格者が入室した。ウィルと幼馴染《おさななじみ》であり、一緒の村に住むダイヤだ。

そして、彼の面接が始まる同時刻にて、面接を終えたウィルの前に鉄仮面を被った勇者ダンが現れていた。

◆◆

さて、どうやらウィルの面接が終わったようだ。きっと合格である事だろう。俺が聞いた話では面接までこぎつければ特に問題とかはないと聞いている。ウィルは真面目だしいきなり唾を吐いたりしないはずだ。なので合格は確実であり、仕方ないから褒めてやろうと思って家に一度帰って鉄仮面を持ってきた。

結構距離はあるが走れば直《す》ぐだ。ウィルを褒める理由は二つある。一つは本当によくやったからだ。更には魔族との戦闘も無事こなして、ちょっと厳格な顔つきになったような気がしなくもない。

だから、ちょっとは褒めてやろう。一つ目の理由はそれくらいのちっぽけなものだ。

つまり、正直に言えば一つ目の理由はオマケみたいなものだ。

——本当の理由はモチベーションの維持である。

よく聞かれることがある。どうしてそんなに勇者として立ち居振る舞いが出来るのか、どこからそんな活力、つまりはモチベーションが湧いてくるのか。

答えは簡単だ、活力《モチベーション》の湧かせ方はない。

これは持論だが…… モチベーションは急激に上がることは殆《ほとん》どないが、急激に下がるのはよくあることである。

つまり、育成で大事なのは弟子のモチベーションを上げるという事ではなく、下げないということ。一度下がったモチベーションは止まる所を知らず下がり、いくら勇者というカッコよくて前世からの憧れでも辞めたくなる。ソースは俺。

「どうやら合格したようだな」

「ゆゆ、勇者様!? どうしてここに!?」

「忙しかったがわざわざ来てやったんだ」

「そそそ、そんな⁉　ありがとうございます‼」

二日間ずっと一緒に居たけどね。まぁ、俺もこの後面接があるのに、合間を縫ってウィルの下に来ているのだから嘘《うそ》は言っていない。

「で、でもまだ合格か分かりません」

「面接まで行けば合格は間違いないだろう。お前にしては上出来だ、もっとも結果は分かり切っていたがな。全て俺の予想通りだ」

「ゆ、勇者様。僕の合格を信じてくれていただなんて⁉」

本当は不合格のパターンも考えていた。その場合もモチベを下げない方向で、『今は積み上げの時期』みたいな事言おうと思っていたんだが――。

――俺様キャラなので全部分かっていた感出して、後方師匠面しておこう。

「当然だ」

「ゆ、勇者様……今回頑張れたのも色んな人の支えがあったからで……あと、勇者様から頂いた始まりの剣のおかげです！」

「全部を他人の手柄にするな。お前が勝ち取った合格だ。今はそれを誇れ」

「は、はい！」

ウィル喜んでるなぁ。俺も高校受験の時、こんな心境だったような気がする。

「あ、それと勇者様」

「どうした？」

「あの、勇者様の名を使って、高値で中古の剣を売りつける手法がもしかしたら流行《はや》っているのかもしれません」

「なに？」

「さっき、試験で知り合った子が始まりの剣を持っているといってました。流石《さすが》に偽物を本物と思い込んでいるのは痛々しくて、可哀想《かわいそう》でして……注意した方がいいかもしれません」

ほぉ？ そんなことをする商人が居るとは問い詰めたいと思うところだ。だが、勝手に鉄仮面フェイスの姿で絵画を描かれて売られたりもしているし、今更気にならないな。

勝手に勇者ダン饅頭《まんじゆう》とかも売られてるしね、気にしなくていいか。

「ど、どうしますか？ 僕にはどうすることも出来ないのですが」

「放っておけ」

「分かりました」

「……さて、そろそろ俺も行くか」

「この後、ご予定が？」

「あぁ、少しな」

「多忙な中、わざわざ僕の為《ため》にありがとうございます」

軽く手をシュっと振って、ウィルの前から高速で消える。そして、高速で着替えをして再び、ウィルの前に現れた。

「やぁ、ウィル。面接はどうだった？」

「あ、バンさん！　結構うまく行きました！　バンさんも頑張ってください！」

「はいはい、サンキュー」

ウィルは俺がバンって事を知らないけど、自分自身で一連の流れ振り返ると、俺って情緒ヤバくねって思うわ。

だって、弟子の前で鉄仮面被って俺様キャラを三秒前までやってたのに、その数秒後に何処にでも居る青年で話しかけるって……控えめに言ってもヤバいよね？

あ、タミカも褒めてあげないと……。また早着替えをして今度はタミカの前に行って褒めてあげた。

そうしたら、タミカにも勝手に俺の名を騙《かた》って中古の剣を売る商人が居るって聞いた。

へぇ、そういうの流行ってるのかね？

しかし、それは今は気にならない。それよりもそろそろ面接に行かないといけない。再び俺は着替えをして面接の部屋に入る。

「失礼します」

「入りたまえ」

個室に入るとトールというギルド職員と他二人の計三人が座っていた。俺は椅子に座ろうと思ったが、前世で面接は面接官が椅子に掛けて良いというまで腰を下ろしてはいけないと言われた事を思い出した。

「座らないのかね？」

「座って良いとの許可は下りていないので」

「……ほう？　では、座りたまえ」

そう言われて座った。すると、三人の職員から様々な質問が俺に投げかけられた。質問はさまざまであったが特に答えに詰まる事もなく、返答をすることが出来た。しかし、十問ほどされた後、次の質問で俺の返答は僅かに遅れることになる。

「バンさんは20歳ですか……今までどんな生活をされてきたのですか？」

そうだ、今の俺は20歳であるという設定だったと今更ながら改めて言われると驚きに身を震わせてしまう。

しかし、罷《まか》り通るんだなぁ。これも俺自身の勇者としての活動方法と恩恵《ギフト》のおかげであるのだろう。

恩恵《ギフト》とは人に宿る一種の性質のようなものである。魔法とかとは少しばかり違う別の力であるが、魔法の才能と同様に誰にでも分け隔てなく与えられるものではない。

恩恵《ギフト》は先天的な物と後天的な物があるらしい。俺は後者を所有する。だが元パーティーメンバーのリンリンは両方所有していた。

多重魔法展開処理《マルチタスク》と言われる先天的な性質を持っていた彼女は、魔法を同時に多数発動することが容易に可能だった。その分消費が大きいが最高で五つ出来るらしい。

流石は妖精国フロンティアの第二王女といったところだろう。しかし、彼女の場合は後天的にも恩恵《ギフト》を所有してしまった。それは魔力暴走《マジック・ワン》。簡単に言えば魔法を使うためにエネルギーである魔力の常時回復機能、更には反動はあるが一時的に本来の数十倍の力を引きだすことが出来る。

本当に才能マンだったと今になって思う。しかし、幸いだったのが俺も所有、いや習得できた……と言った方が良いか。

俺の恩恵《ギフト》……それは自称・勇者の加護《ブレイブ・スピリット》である。この名前を考えたのは俺である。痛々しいと今なら思うが、昔はガチでいけてると思っていた。

後天的な恩恵《ギフト》は稀《まれ》にその者の経験などによって所有できると言われてるが、これは的を射ていると結論付ける。

なぜなら、俺自身がその典型例だからだ。

さて、ここまで僅か三秒の思考であるが……面接官になんと答えようか……。

「地元で野菜を育ててました。偶《たま》に狩りとかもしていましたね」

「なるほど」

面接官はそう言うとまたメモをし始めた。色々記入して大変そうである。そのタイミングでトールとかいう人が何か語りだした。

「昔、私は勇者ダンを――」

これはスルーしよう。筆記の時と同じようなことを言っているだけだ。この人当時は俺に対して微塵《みじん》も興味ない感じだったんだけど、自分が生み出した感出してるな。

何とも思っていなかったのに、結果出た途端に後方ギルド職員面みたいなことをするってちょっと良くないと思うわ。

さてと、聞き流しながら考え事していたけどそろそろ話が終わるかな？　そうしたら丁度終わったので適当に一礼とかして部屋を出て行った。

その後、結果を確認すると文句なしの合格であった。合格者である二十一人はこの後、冒険者カードなるものを発行してもらい、そして冒険者としての説明会に参加することになった。

第七章　賢者と勇者、合コンで鉢合わせする

アタシは妖精国《リンリン》フロンティア、そこにある王城の自身の部屋のベッドの上でゴロゴロしていた。アタシには特にやりたい事がない。だからずっと部屋に居て本を読んだり、ゴロゴロするだけで終わる。

部屋から出るのはダンと会う時くらいだ。一応エルフの第二王女であるという事で母や兄弟からもう少ししっかりしろと言われるがそれは無理な話なのだ。

アタシは面倒くさがり屋の我儘《わがまま》王女なのだから……。しかし、こうしてずっと部屋に閉じこもっているとほぼやることはない。ただ、ダンに会いたいなって頭の中で思うだけだ。

彼を想うと、ちょっと体が熱くなってくる。

「ダンに滅茶苦茶《めちゃくちゃ》にされたい……」

ごくりと唾を飲んだ。頭の中では彼に愛撫《あいぶ》される自分を思い描いたり、言葉攻めされる自分を妄想している。部屋の中だと誰にも気を遣わずに妄想できるから好きだ。

だけど、キスだけが妄想できないのが非常に残念だ。だって、鉄仮面を被っているから素顔が分からない。でも、別にそれでも十分興奮は出来る。

そして、そんな事を考えていると自然と手が、下着の下に伸びてしまう。

「ダン、ダン、ダン……もっと、滅茶苦茶に……」

妄想を捗《はかど》らせて、性欲を満たそうと下着の中に手を入れた瞬間……。

「姉さんー、入るよー」

「勝手に入らないでよ！　ターニャ！」

危なかった！　ダンで妄想して色々するのがあとちょっと早かったら間違いなく姉として死んでいた。

「ごめん。でも時間無いから早めに終わらせたくて」

「あっそ」

「冷たいなぁ。あ、髪も服もぼさぼさだし、王女なんだからもっとさ、あるでしょ？」

妹であり第三王女のターニャが部屋に入ってきた。アタシは兄と姉が一人ずつ、そして妹が一人の四人兄弟なのだが、妹の方がしっかりしていると偶に言われて気に食わない事が多い。

「それでなに？」

「ワタシ、今度結婚するの」

「ええ⁉」

「うん。公爵家のカッコいい人なんだけど……ってそれは別にいいや。姉さんもそろそろ結婚とか考えて良いんじゃない？　もう27歳なんだし」

「エルフは長寿なのよ」

「確かにね、でも早めに嫁いでおかないと売れ残りみたいになるよ。兄弟で結婚してないの姉さんだけだし」

「アタシは……一応、相手いるから……」

「勇者ダンさん？　無理じゃない？　あの人高嶺《たかね》の花すぎて」

「……そんなことないもん」

気にしていたことをずばり言う妹……確かにターニャの言うとおりである。でも、一時期は本当に良い感じだったのだ。もう何年も前の話だけど、恋人になれるかもって思っていた。

「母さん、そろそろ本気で結婚させるつもりかもよ。それに姉さんが7歳の時に勝手に城を抜け出した事も未《いま》だに根に持ってるし」

「うっ、それ言われると……」

そう、7歳の時に魔王討伐するために城を勝手に抜け出して、そこで勇者と出会ったのだ。その後、初めて城に帰った時物凄《ものすご》く勇者の前で叱られた。顔を真っ赤にして勇者の前で号泣してしまったのは未だに黒歴史だ。

「……ってわけでこれ」

「なにこれ？」

「冒険者交流会、冒険者同士で色々話したりするんだって。この会がきっかけで結婚した人とか居るんだってさ。今度王都トレルバーナの一角を借りてやるから行ってきたら」

「ダンは来るの？」

「来るわけないでしょ、こういう会に。勇者だよ？」

「じゃ、行かない」

「いや、行っておきなって。いつまでも勇者ダンと結婚とか考えてないでさ、ちょっと理想下げなって」

「……いやよ」

「えぇー、まぁ、そう言うと思ったけどさ。でも、もしかしたら運命の出会いあるかもよ」

「もう運命なら出会ってるもん」

「そういう事じゃなくてさ。勇者ダン以外との運命の話。それに、これ行っておけば、母さんにも一応結婚の為《ため》に動いてるって言えるじゃん？　母さんも勇者ダンとお姉ちゃんが結婚できたらいいなと思ってはいるけど、できない場合の方も考えてるし。最近小言多くなってきたからね」

「……むむ、確かにそうね」

「取りあえず行ってきたら？　暇つぶしにさ」

「王族が、こんなの出て良いのかしら？」

「良いんじゃない。それより結婚できないで燻《くすぶ》ってる方が問題だと思うけど」

「……」

ダンが来るなら行ってあげても良いけど……来ないんだったらいってもしょうがない。でも、ママの小言はちょっとずつ増えてきている。結婚しなさいって、政略結婚とかまったく興味ないし……。

運命の人を探してるからって形だけでも示しておくのは大事かしら？　ママに、ちゃんと未来の事を考えてるって言うために、凄く面倒だけど行ってみるのも一つの手かもしれない。

交流会には食事も出るらしいし、お昼食べに行くくらいの感覚で行けばいいか。アタシは王都に向かって歩き出した。

――これは今から十四年前の話である。嘗《かつ》て世界を蝕《むしば》もうとする呪詛《じゅそ》王ダイダロスがアタシ達《リンリン》、妖精族に対して宣戦布告をした。

ヤツは大樹の更に上である、天空から魔法によって自身の巨大な姿を映し出し、高らかに宣言をしたのだ。

『劣等種族であるエルフの諸君、ごきげんよう。私の名は呪詛王ダイダロス。新たなる神だ』

唐突に現れた魔王である彼に全ての妖精族は震えた。下品に顔を歪《ゆが》めて上から目線で笑って見下していた。裏を返せばそれほどの自信があったという事なのだろう。

『私は息ですら大樹を枯らすことが出来る。お前達は私の呪いから逃れることが出来るのだろうか？　否《いな》だ。お前達の国は破滅に向かう』

『今から一時間後、私の手下である魔族の大群がそちらに向かう。震えていろ。ははっはあははああ!!　戦争だ!!　お前たちに勝ち目はない』

嗤《わら》って魔王は消えた。すぐに攻めて来ないのは慌て恐怖に溺れるエルフが見たかったのだろう。奴《やつ》の思惑通りエルフたちは大混乱だった。

『どうするんだ！』

『こわいよぉママぁ』

『王族が何とかしてくれるんだろ!!』

当然アタシも怖かった、大樹を枯らすと言ったが大樹は魔力の塊で、国の自然の源であったからだ。それが枯らされたら国は終わる。それに魔族の大群により、多数の死人が出てしまう。

でも、アタシは戦うしかなかった。なぜなら魔王を討伐したメンバーであるアタシはエルフの希望であったからだ。最前線で杖《つえ》を持って、大群に備える。一時間後に近づくまで恐怖に支配されていた。

『ダン……会いたいよ』

戦争が迫る。

一時間後……戦争は起きなかった。

偶々《たまたま》エルフの国に来ていたダンが倒してくれたらしい。

あんだけ嗤いながら宣戦布告をした呪詛王は、ダン曰《いわ》くワンパンだったとか……。あまりにあっけなかったのに大物感出してたから、エルフの一部からは顔芸魔王とか言われている。

『……泣いているのか？』

『べ、別に泣いてないし……って言うかアタシだけでも倒せたし……でも、ありがと』

『そうか』

その後、エルフの国から報奨金とか貰《もら》っていたが、本人からしたら金なんていくらでも持っているからさほど興味は無かったのだろう。一時期、褒美にアタシを嫁にするという話も出たが……結局お蔵入りになってしまった。

あの時、生意気な口をきかずに告白をしていたらと後悔が拭えない。どうして好きだと一言言えなかったのか。そのことを後悔している。しかし、そんなことを言いだしたらキリがない。

旅の途中で告白するチャンスなどいくらでもあったのだ。棒に振ってしまったのはアタシである。それに他のメンバーもダンの事が好きだったから、その事で揉《も》めたくはない。

ターニャの言う通り、理想を下げた方が良いのだろうか……。アタシは王族でもあって、他の兄弟は結婚をしている。このままでは色々と良くない事も分かっている。

でも……。

『おい、リンリン様だぞ』

『どうして、ここに』

『誰か行けよ』

『いや、無理だろ。王族で伝説の賢者だぞ』

失礼だけど、ここら辺のは嫌よね……。我儘だけど王族とか賢者とかそういうのじゃなくて、リンリンとして見て貰いたい……だけど、これは我儘なのかしら。やっぱりダンが基準になってしまう。

食事をするくらいの気分で来たけど、そんな気も失《う》せてしまった。ここにアタシが居てもざわつかせて迷惑かもしれないなと思って、帰ろうかと椅子から腰を上げると、偶々視界に一人の男性が入った。

背中をこちらに向けているが、髪色は黒でツンツンヘアーのどこにでも居そうな青年の雰囲気。しかし、普通そうなのに一人だけ座って食事をするアンバランスな態度。みんな立って、それぞれグループを作っているのにだ。こういう人も居るのだろうかと興味を無くしかけたが、彼の食べている食事のメニューに僅かに目を見開いた。

バランスが凄くとれている……。というのもダンが良く言っていたのだ。食事の栄養バランスは物凄《ものすご》く大事であると。

このことはあんまり他の人に話しても通じないが、ダンは自身の中で強さへの筋道を立てており、本人の口から少し詳細を聞いたのだ。栄養バランス、胸肉はたんぱくしつ？

とか豊富らしい。人間の体は殆《ほとん》ど水分で出来てるとか、てつぶん？　とか色々。

だから、だろうか。アイツに物凄い違和感を感じる。

ここに居るのは全員冒険者。食事をあんな風に選ぶ人は少ない。

それに彼が選んだメニューはダンのそれによく似ている。あと、よくよく考えてみれば皆アタシに注目してざわついているのに、アイツだけ何食わぬ顔でよく嚙《か》んで食事を続けている。

あの無駄に胆力のある感じ……ダンに似ているような……いや、まさかね。

………ちょっと、話してみようかしら？　ママにも一応結婚に向けて頑張っていると言い訳したいし。

「ねぇ、相席していい？」

「あ、どうぞどう……ぞ……？　あ、お久しぶりです」

青年はアタシの顔を見ると固まってしまった。だが、すぐさまにこやかに笑顔を返してくれた。

アタシも彼の顔を見て、一瞬だけ固まった。最近、よく会う、騎士育成校の入試に冷やかしのようにきていたバンという青年だった。

「アンタ、ここにも居るのね」

「ちょっと色々あって」

「まぁ、いいか。アタシ、暇でさ。ちょっと話し相手になってよ」

「俺で良ければ」

「ありがと。知ってると思うけどアタシはリンリン・フロンティアね」

「改めて、俺はバンです」

「そう、それでバンはどうしてここに？」

「あー、そろそろ母さんが結婚しろっていうか……」

「アタシと同じね……」

「へぇ、リンさんも同じなんですね」

今、こいつアタシのことリンって言った？　あんまり略して呼んだりする人居ないんだけど、ダンとかサクラとか……。というかそもそもアタシと話すのに平然としているのね……。

この間も特に緊張していた様子もなかったし、アタシを特別に見ている感じもしない。

大体の人は畏《かしこ》まったりするんだけど……。

「まぁね……。えっとバンは何歳なの？」

「20です」

「へぇ……」

なるほど、年下ね……。一瞬だけダンかと思ったけどそんな訳ないか。ダンは30歳くらいだし、そもそもこんなに愛想良くないし。だけど、そこが好きだったわけだけど。

「若いわね。これから色々経験するといいわ」

「はい。アドバイスありがとうございます」

「あ、うん。凄い真面目なのね」

ぺこりと一礼する彼を見て、何というか生真面目な青年な印象が付いた。よくいる人みたいにぺこぺこする感じではない自然な感謝に、ちょっと嬉《うれ》しさが湧いた。

「バンは冒険者ランクいくつなの？」

「俺はまだ駆け出しのFです」

「そう……。そう言えば最近は冒険者になるには試験が必要なんだっけ？」

「そうです。リンさんはよくご存じですね」

「まぁ、これくらいはね。バンはどんなスタイルで戦うの？」

「えっと……剣とか魔法とか……」

「そう、そういえば魔法が得意だったわね」

「少しですけど」

「才能ない人は全く使えないわ。それに洗練されてたから、少しではない気がするわ」

「どうもありがとうございます」

「もう一回、あれを見せてくれる？」

「え？　魔法ですか？」

「そうそう」

「あー、第一階梯《かいてい》のミニミニフレアなら」

「お願い」

そう言うとバンは手の平に小さな炎を発動させた。正直に言えば、アタシは第十二階梯魔法を同時に五つくらい使えるからこの程度に普通は驚きはしない。だけど、彼の使った魔法は妙に研ぎ澄まされている。

そのように改めて感じた。

だから、自然と口が開いた。

「やるじゃない」

「ありがとうございます」

「あ、うん」

変な感じ……。怪しいし、魔法も洗練されてるし、摑《つか》みどころがないし。謎で怪しい変なやつだし。

だけど。向き合って言葉を交わしてみると、色々と話が弾んだ気がした。暫《しばら》く時間が経《た》って、食事が終わると彼は立ち上がった。

「では、自分はこれで」

「帰るの？」

「ええ、食事はしましたから」

「ふふ、なにそれ？　元々ここには食事でもしに来たの？」

「あー、いえ。えっと、まぁ、そんなところです」

「バンが帰るならアタシも帰ろ」

「そうですか」

別にこれ以上ここに居る理由もない。ママには結婚活動の言い訳が出来るくらいには頑張ったわけだし。そして、外に出ると彼はまた一礼して去って行こうとした。

「ねぇ」

どうしてか、アタシは彼を呼び止めてしまった。

「また、来る？」

「え？」

「だから、この交流会にまた来るのかなって」

「あー、そうですね……多分来るでしょうね。母親が結婚しろって五月蠅《うるさ》いから」

「ふふ、そう。だったらまた会いましょう」

「はい。いつかまた」

一礼して彼は去って行った。不思議な人だった。

初めて話したのに妙に惹《ひ》かれる感じが……いけないいけない、アタシはダンの事が……。

少しだけ、彼の背を見て胸が苦しくなった。

アタシが王都の交流会会場からフロンティア城の自室に帰った後、妹であり第三王女のターニャが話しかけてきた。

「姉さん、どうだった？」

「うんー？　なにが？」

「だから、交流会」

「あー、あれね。暇つぶしにはなったわ。ママに言い訳もしないといけないし、また行ってあげてもいいわよ」

「へぇ」（意外と機嫌良さそう。物凄い不機嫌な顔で帰ってくると思ったのに……もしかして本当にダンさん来たのかな？）

「うーん、眠いわ。あそこも疲れるわね」

「もしかして、ダンさん本当に来たの？」

「来てないわよ」

「あ、そう」（これは……もしかして本当に運命に出会っちゃったのかな？）

◆◆

「「ダン！　合格おめでとー!!」」

俺はバンとして冒険者登録試験に挑み、見事数多《あまた》の試験を乗り越え合格することが出来た。冒険者カードというプラスチックで作られたようなカードを渡されている。それを両親に見せたらお祝いをしようと言われて今に至る。

「今日はダンの好きなバーバードの胸肉のから揚げよ」

「ありがと」

「やっぱりダンは凄いな。中々合格できない人だっているのに。まぁ勇者なら当然か」

から揚げをむしゃむしゃとフォークで食べていると、母が何かソワソワしながら一枚の紙を出した。

「ダン！　じゃじゃーん！　これ見て」

「なにそれ？」

「冒険者交流会の用紙！　運命のパートナーが見つかるかもだって！」

母から渡された用紙を見てみると、確かに定期的に冒険者同士の交流会が行われているらしい。この会で未来のパートナーが見つかることもよくあるとも書かれている。要するに前世の合コンみたいな奴《やつ》だろう。

「行ってみたら？」

「そだね」

母はきっと俺に参加してほしいのだろう。なぜならば結婚をして平穏に生活をして欲しいと願っているからだ。ならば断る理由はない。それに俺も同じような想《おも》いである。

そろそろ本格的に彼女が欲しいと思い始めているところである。勇者ダンとしてではなく、冒険者バンとして参加して彼女ゲットだぜ。

あ、そうだ、この合コンの日はタミカの修行の日だ。確かに合コンは行きたいが後継者育成もさぼる訳にはいかない。俺は一週間に一回だけ教えているから、弟子との時間を蔑《ないがし》ろには出来ない。

だとするなら……ちょっと修行を早めに切り上げる。これだな。しかし、早めに切り上げて会場に向かいたいがアイツ修行時間短いと不満げになる。

修行が減ったりすると激おこになる。どうしようかな……そうだ、伝説の始まりの盾をあげよう。うん、そうしよう。それで機嫌直るだろ。

さて、俺は冒険者交流会にやってきた。それに加え、スーツ姿で鉄仮面は外した姿である。

実を言うとちょっと緊張している、合コンとか初めてだからだ。俺は参加料金を払って、冒険者カードを提示して会場に入る。

うわぁぁ、人が多い。だけど勇者としてはパーティーに呼ばれることも多いからなぁ。結構こういう場所来るから新鮮味はない。なのだが、どこか居心地の悪さを感じてしまった。または緊張とも言えるかもしれない。

ここにきてまず俺がやることはナンパに等しい。男性から女性に話しかけて、仲良くなり、恋愛関係に発展させる。それは凄《すご》く難しい。なぜなら俺は一度もそういう経験がないからだ。

だが、折角《せっかく》来たのだあの綺麗《きれい》なエルフの女性に話しかけてみよう。

「あ、こんにちは」

「こんにちは。ミーティングって言います」

「僕はバンです。ここ初めて来たんですけど、ミーティングさんも初めてですか？」

「えぇ、そうなんです。あんまりこういうの疎くて……バンさんは冒険者ランクいくつですか？」

冒険者ランク、ＦＥＤＣＢＡＳＬの八種類存在しており、Ｌに近い程高ランクであるという。一つ上げるにもかなりの時間がかかり、しかもＤから上は試験を受けないと上げることはできないらしい。しかし、稀《まれ》に凄い成果を上げれば試験を受けなくても昇級できるとか。

とは言っても今の俺は駆け出しの冒険者バンだからな。

「Ｆです」

「Ｆですかぁ、あー、そうですか」

なんだその外れ引いたみたいな顔は……いや、違う。そうか、そういう事か。ここに居る冒険者達は全員出会いを求めている。折角ならばカッコよくて高ランクの冒険者と出会いたいと考えるのは必然。

フツメンの最下層とか論外だ……。くっ、しまったぁ。

エルフの女性は別の男性と話し始めていた。物凄くイケメンで物腰も柔らかそうな人だ。

二人は一気に距離を縮めているような気がした。

「え⁉　Cですか？」

「えぇ、まぁ」

「凄いー！　どうして冒険者になったんですか？」

「僕は昔勇者ダンに憧れてまして、それで冒険者になったんです」

「あ、私もです。勇者ダンカッコいいですよね」

二人して死んで地獄に落ちろと言うのは簡単だが……俺の事が好きと言われたら憎むに憎みきれない。お幸せに、クソ野郎ども。

あーあ、なんだか萎えて来たわ。しかも周りでは既にグループが出来てる感じするし。これ以上頑張っても無意味な気がするなぁ。最低でもランクCくらいに上がってから出直した方がいいのか？

きょろきょろ周りを見ていたらとんでもない人を発見する。リンだ。元パーティーメンバーのリンが会場に居たのだ。

いや、なんで居るんだよ!?

「え？　リンリン様じゃない？」

「大賢者リンリン様だ」

「どうしてここに!?」

「リンリン様もパートナー探しに来たのかしら？」

「いや、でも誰も話しかけられないだろ」

俺と同じように彼女に気付いたのか、周りもざわつき始める。まさかここに居るとは思わなかった。リンにはサクラが居るというのにどうしたのだろうか？　もしかしなくても喧嘩《けんか》でもしたのだろうか。

腹いせにこういう場所に来たと俺は予想をする。しかし、だからと言ってそれ以上は何もしない。周りは騒いでいるけど、騒ぎというのに俺は慣れているし、リンが周りから驚かれたりするのも今更だ。

それに今の俺は何かを語るほどの力がない。彼女に話しかける気力もするつもりもない。そう悟り、俺は置いてあったバイキング形式の食事に手を伸ばした。折角高い料金を払ったのだからせめてお腹《なか》一杯まで食べておきたいという思惑だ。

俺はお皿を取って、オムレツとかから揚げ、バランスを考えてサラダ、飲み物も野菜ジユースを選択し、それらをもって席についてよく噛《か》んで食べるが、男女で話さず、ご飯を食べているのは俺くらいだな。あと人前で鉄仮面を外して食事するのは初めてであるが気にならない。

「ねぇ、相席していい？」

「あ、どうぞどう……ぞ……？」

一人でむしゃむしゃ食べてたら、元パーティーメンバーであり、大賢者リンリンが俺の眼《め》の前に立っていた。

あ、っぶねぇぇぇぇぇ!!!　リンが話しかけてくるじゃない!?　この顔で遭遇する確率妙に高くない!?　なんなん!?

いや、本当にビビったわ。なんとか普通に接することは出来たと思うが本当にビビった。まさか、この顔で一人でいる俺に話しかけてくるとは思ってなかったから。

伝説の勇者パーティーが合コンとかやってる庶民の場所に来るんじゃないよ。仮にも賢者だろお前。びっくりしたわ。

しかし、バレたわけではないようで一安心だ。また魔法を見せてと言われて、大したもんだって言われたけど、そりゃそうだろ。

リンが俺に魔法を教えてくれたんだからな。

だが、もしかしなくても彼女は俺の正体を疑っているのかもしれない。最後にまた会えるのかと聞いてきた。あれはもしかして、俺が勇者ダンだと勘付いてまた見極めたいから聞いたのかもしれない。

以前から、魔法が洗練されていると何度も言われているし。今後は見せるのは控えた方がいいか。

だけど変に拒んだりすると余計に怪しいし……。それに婚活は続けないといけないし。万が一にもバレることはないと思うけど、そこだけ注意だな。だって元パーティーメンバーに散々俺様系やってきたのに、実はフツメンとかは思われたくないわ。

しかし、懐かしいな。リンには魔法を本当によく教えてもらった。色々迷惑をかけたけど……あの時、あのまま付き合えるんじゃないかって本気で思っていた。

だが、そんなことを思い出してもしょうがない。しかし……魔法か……ウィルにもそろそろ教えてあげてもいいかもしれないな。教えると約束をしているし。

取りあえず剣術と基礎体力をメインに修行していたけど、大分固まってきた。

そうと決まれば帰りに魔法の教科書買って帰ろう。あ、来週の冒険者交流会も予約しよー。

冒険者交流会に参加して、一週間が経過した。第二回目が開催されたのでアタシは再び参加することにした。

大賢者リンリンとして、知られているアタシは基本避けられる。

ぼっちだった。なので、同じくぼっちであるバンという青年に話しかけることにする。

「不味《まず》い……全然話せない……」

もぐもぐサラダを食べながら辺りを見回している彼。しかし、ほぼグループが出来ていて、今更そこに入っていけない。アタシと同じだ。

「一人なのね」

「あ、はい」

せっかくだし、彼と話をしようと思った。なんだかわからないが、彼は妙にアタシの視線を惹《ひ》きつけるから。

「暇ならちょっと二人で話さない？」

「別にいいですけど……何で俺なんです？　明らかに詰まらなそうな人間なんですけど」

「自分で言うのね……」

自虐なのだろうか。盛大に笑ってあげるべきだったのかと迷いつつ、ベランダに移動する。


「冒険者活動はどんな感じなの？　頑張ってるのかしら？」

「あ、週一、出来ればいいくらいですかね……」

「週一、結構新人って毎日活動くらいのイメージあるけど……」

「色々忙しくって」

「あ、そうなのね」

他愛《たあい》もない会話をしているとそんなアタシ達のもとにとある人物が歩み寄ってきた。

「おやおや、久しぶりだね。大賢者リンリン」

「うげ……神託者ボイジャー」

「うげとか言うんじゃないよ」

あんまり好きじゃない人が来た。この人自体は嫌いじゃないが、どうも神託関連の人にアタシは苦手意識を持ってしまっている。

「バンは知らないわよね？　この人は神託を伝えてくれるボイジャーって人なの。アタシも何回も神託を伝えられたのよ」

「なるほど」

「今は、占い師もやっているがね。神託も未《いま》だにやっているよ」

「なんで、ボイジャーがここに居るのよ」

「それはあれだよ。最近神を信仰する者が減ってきているから……もうね、稼ぎがね……だから、ここで恋占いやって稼いでるんだよ」

「ふーん、なるほどね」

バンはぼぉっと、したような感じで適当に返事をしている。興味がないっていうのが伝わってくる。だが、ボイジャーは彼に興味を持ったようだ。

「それで、あんたは……冒険者かい？」

「そうですね」

「折角だし、恋占いでもしてあげようかい？」

「あー、まぁ、お願いします」

「任せておきな……むむ？　全く見えないね……こんなに見えないのは今まで一人も……いや、一人だけ居たくらいだね……」

小さめの水晶で彼の運命を占うのだが、ボイジャーは首を傾《かし》げている。

「どうしたの？　バンのは見えないの？」

「その通りだね。全く見えないというのは勇者ダン……くらいしか今まで居なかったんだがね……。あんた、占いが見えないほどの星が大きい存在なのか……それとも見えないほどに星が小さいのか……」

……ダンと同じの可能性があるってこと？

思わず、その考えに行き着いてしまう。

そこへ、ボイジャーに恋占いをして欲しいと言ってくるカップル冒険者が来たので、再び、アタシと彼は二人になった。

ダンと同じ。その考えが頭から離れず、そんなわけないのに彼を追及してしまった。

「占いが見えないとかそんなことあるのかしら？」

「まぁ、あるんでしょうね。そもそも俺占いとか信じてないので興味ないと言うか」

「信じてないの？」

「はい……、全然信じてないです。手相とか、手のしわ見て何が分かるのかなって思います」

「そう言われたらそうね……神託は信じてる？」

「……あの御婆《おばあ》さんが言うんだったらちょっと信じます。ただ、基本的に神様はほら吹きが多いような気がしますね」

「それ、外で言わない方が良いわよ」

「そうします」

ダンも占いとかくだらないって、言ってたわよね。

「それじゃ、そろそろ俺帰りますね」

「え、あ、そう」

「それじゃー」

他にもいろいろ聞きたいこと、あったのに……。

再び一人になった、するとそこへ、ボイジャーが戻ってきた。

「もうちょっと詳しく占わせてもらおうかと思ったのに、帰っちまったのかい」

「ねぇ、本当にバンとダンの占いの結果は同じなの？」

「同じというか、それすらも分からないのさ。ただ、勇者ダンはよく言っていたよ。占いとかくだらない。神託も聞く価値もない。俺という存在を測れるすべなど世界に無いのだから」

「相変わらず傲慢ね」

「そうさね。ただ、神託とか占いが徐々に信じられなくなっているのも確かさ」

「だから、勇者ダン信仰が強くなったんでしょ。神をほら吹き呼ばわりだし……」

「あぁ、聞いたよ。それのせいで結婚の話が無かったことになったんだってね？」

「そうよ……呪詛《じゅそ》王倒した報奨としてアタシと結婚とか言われてたんだけど……その時にさ、一人の妖精族がダンに『神託』のおかげだって、一生感謝しますって言ったら……」

「それは有名な話だね。神とかただのほら吹きに一生感謝する暇があるなら、一生俺に足向けて寝るなって……言ったんだってね？」

「そうよ……昔から妖精族は神を信仰してたし、アタシなんて『神の子』とか言われてたから荒れたわ。その結果、結婚の話が流れちゃったのよね……」

「ほほほ面白いね……」

「アタシは全然面白くなかったけどね……結婚の話無くなったし」

「そうさね。ただ、アンタの為《ため》に言ったんだ、そんな事くらい分かっているだろ？」

そんなのはわかっている。ダンがアタシの為にそれを言ってくれたことは。

「神託関連はダンに色々迷惑かけちゃったし……そのせいでダンが神を嫌っちゃうって……アタシ迷惑かけてばかりね」

「あまり負担に思っていないだろうから、心配はいらないと思うけどねぇ。それに、何度も言うが神託は徐々に精度が落ちている……当たらない、そもそも全く予期しない所から魔王が来たりもしているからね。それに勇者ダンという存在ももしかしたら認知すらしていないのではないかと言うくらい、一切触れない」

「……神すら把握できない、存在が沢山いるって事？」

「そう思って間違いはないだろうね。そもそも呪詛王だって神託では一切言われてなかったんだ。勇者ダンの誕生もね。神託に触れられない勇者の誕生なんて、歴史上一度もなかったんだ。それだけでもどれほど規格外か、当時は本当に荒れたよ」

「……元はさ、サクラが勇者になるって言われてたのよね？」

「そうさ。それを横から奪い取ったんだあの男は……神託すら把握できない強者……あの男はその頂点にいるのさ」

「……知ってるわ。ダンが負ける姿って、一切想像できないもん。底がもう誰にも、神にも魔王にも見えないんでしょ」

「世界からの逸脱者……力の片鱗《へんりん》すら未《いま》だ見られていないのかもね」

ダンの底の強さはアタシも見たことがない。ダンの本当の姿も。

愛している人なのに、何も知らない自分が少し嫌になった。

◆◆

「魔王バルカン、いや、新たなる呪詛王バルカン様……侵攻の準備が整いました」

「ほほほ。報告ありがとうございます。ではそろそろ取りに行きますか……異界の国を」

そこは魔界。勇者たちが住む世界とは別の次元に存在する、もう一つの世界である。そこには魔族と言われる凶悪な生物達が住んでいる。そして、その王は呪詛王バルカン。

「では、ここに宣言しましょう。真・呪詛王バルカンの名の下に憎き勇者に鉄槌《てっつい》を下し、全ての世界を私が支配すると」

呪詛王ダイダロスが嘗《かつ》てエルフの国、フロンティアに侵攻したように……再び、真・呪詛王バルカンの魔の手が迫っていた。

「弱っている勇者など、恐れる必要はありません。もっとも、私の実力ならば全盛期の勇者であっても問題なく倒せますがね」

魔族の大衆にそう語りかける。新たなる王は手下たちを引き連れて、異界に攻め込もうとしていた。

第八章　世界から逸脱した男

ウィルが住んでいる村、イシの村。そこでウィルは今日も勇者ダンはいないが早朝訓練をしていた。

汗をかいた後、彼はエルフの国に向かう準備をするために自宅に戻った。

「ウィル、おはよう」

「メンメン、おはようー」

「今日は妖精国フロンティアに行くんでしょ？」

「うん！　だって、勇者ダンが呪詛王ダイダロスを倒して十五周年の祭りがあるから！　色々買おうと思って！」

「あ、そうなんだ……えっと、そのさー、私も行きたいなぁって」

「だったら、僕と一緒に行く？」

「いいの？」

「ダメだなんて言うわけないよ」

「ふーん……そかそか」

そっぽを向きながらちょっとだけ顔を赤くするメンメンに気付きもしないで、彼は身支度をする。頭の中には同年代の可愛《かわい》い女性よりも、勇者ダン祭りで彼についての新たな解釈の本が出たりとか、自身の知らない勇者についての物語が無いかとか、それだけだった。

ウィルとメンメンは一緒に、勇者ダンが初めて冒険者登録をしたポポの町に向けて出発をした。他愛もない話をして、暫《しばら》く歩いたり、足に疲労を溜《た》めたメンメンをおんぶしてウィルが走ったり……色々イベントを踏んで町に到着した。

「今日は妖精国フロンティアまでユニコーンの馬車が出てるらしいんだ」

「へぇ、祭りだからそんなことしてくれるんだ」

「でも凄《すご》く便利だから人気でね、普通は乗れない。でも、僕は既に半年前から馬車の予約してたんだ！」

「おー」

「勇者ダンもユニコーンの馬車には乗ったことあるって言うしさ！　これは予約するしかないよね！」

相変わらず勇者ダンが好きなんだな私の幼馴染《おさななじみ》は、と思いながらメンメンは苦笑いをする。そんな彼女に気付くことなく、彼は馬車のもとへと急ぐ。

足早に進む彼はあることに気付く。既に顔見知りのマゼンタ髪の少女《タミカ》が馬車のもとに居たのだ。

「あ、予約をしていたウィルさんですよね？　こちら、同じく予約をして一緒に乗る方です」

ユニコーンの馬主がウィルとタミカを交互に見ながらそう言った。馬車内では相席でも良いかなと思っていたウィルだが、まさかまた彼女と会うとは思わなかったのだ。

「お前か」

「タミカさんもユニコーン予約してたんだね」

「勇者の祭典だからな。学ぶことも多いと判断をしたからだ」

「そっか、僕も同じで……あ、知り合いのメンメンって子も一緒に乗っても良いかな？」

「アタシに聞くまでもねぇだろ」

タミカは拒否することもなく馬車に乗った。それを見届けたあと、二人も入り馬車は走り出す。ユニコーンは普通の馬よりもスピードが速く、窓の景色が猛スピードで切り替わる。

「うわぁ、ウィル、凄く速いよ」

「うん、本当に凄いや……勇者ダンも乗ったことあるって聞いたけど……本人はどう思ってたのかな」

景色を楽しむ二人に対して、タミカは腕を組んで目を瞑《つぶ》っている。そんな彼女を見て、メンメンがウィルの耳元で小声でささやく。

「ねぇ、あの人、タミカって言ってたよね？　第一王女じゃん。知り合いみたいだったけど」

「この間の冒険者試験で知り合いになったんだ」

「へぇ、そっか」

「勇者の子孫と知り合いになれたのは個人的にラッキーだったよ」

「女の子の知り合いねぇ……え？　深い関係じゃないよね？」

タミカを恋敵と誤解した彼女の発言に、タミカが反応をする。ギロリと鋭い目を向ける。

「んなわけねぇだろ」

「あ、ごめん」

タミカは勇者の子孫、この国の第一王女だ。一体いつの間にそんな人物と知り合いになったのか。メンメンは疑問に思った。

「タミカさんは勇者ダンに憧れてるんだよね？」

「憧れ……確かにそうだ。実際に魔王と戦っているところは見たことはねぇけど、積み上げた歴史や実績から憧れを持たざるを得ないだろ」

「歴代勇者よりも？」

「それは面倒な質問だ。アタシの立場上、勇者ダンの方に憧れを持っていると言ってしまうと色々と面倒だ。トレルバーナの王族は歴代勇者を崇拝している。勇者を生み出す為に優秀な血統を組み込んでもいる。勇者を生み出すのに多大な労力を割いているんだ」

「な、なるほど。勇者ダンは血統も関係ない平民だったからね」

「あぁ、一応だがアタシも勇者の子孫で王族だ。父上や兄上、一人を除いてだが勇者ダンを毛嫌いしているしな、余計に言いづらい」

「あ、ごめん、難しい質問をして」

「一々謝罪すんな……が、しかし、個人的には勇者ダンの方が好みだ」

「ぼ、僕も！」

「アタシの先祖がどれほどかは嫌というほど知っている、だが今現在活躍をしているのはアイツであることは間違いない。あれは圧倒的だ。それでいて世界への奉仕者でもある」

「そ、そっか」

「勇者とはそういう存在だ。誰かのために尽くす、世界のために尽くすのは当然なのだ。それをアイツは体現している」

勇者とは世界の奉仕者である。それを体現していると語るタミカ。しかし、彼女の言葉に微《かす》かに違和感を持ったのはウィルだった。

「そっか……確かに君の言う通りかもね……でも、」

二人の論争を同じ車内で見守っていたメンメンは、空気がぴりつくのを感じた。ウィルが僅かに引いたが、思想と思想のぶつかり合いの火花が見え隠れしていた。

「あ、あー！　そう言えば勇者ダンって大賢者リンリンとラブラブの噂《うわさ》あったけど、あれってどうなったのかな⁉」

話を変えようとメンメンが勇者と賢者の恋話を無理やり持ってくる。そこでウィルもタミカも議論が徐々にヒートアップしそうになっていることに気づいた。これ以上は平行線で空気を悪くするだけだと悟り、これ以降はこの話は止めようと心に決めた。

「えっと、そうだね。僕も実は結婚すると思ってたんだ。覇剣士サクラとかも重婚みたいな？」

「え？　サクラって男じゃないの？」

「あー、メンメンみたいに勘違いしている人は偶《たま》にいるけど、勇者ダンについての英雄譚《たん》を読んでいると実は女性って気付けるんだ」

「そうなんだ……全然知らなかった」

「タミカさんも知ってたんじゃないかな？　覇剣士サクラが女性だって」

ウィルが目の前に座っているタミカに話を振った。

「知ってた。王族だから、貴族については色々聞くことがある」

「貴族？」

「サクラ・アルレーティア。そのアルレーティア家はトレルバーナ王国の四大貴族っていう凄く偉い貴族なんだ」

「へぇ……全然知らなかった。ウィルって意外と博識だよね」

「まぁ、勇者ダン関連だけだよ」

「でも、覇剣士サクラが女性だったなんて全然知らなかったなぁ。確かに意外と顔は美人で可愛らしい感じだったね。もしかしてその人も勇者ダンのこと好きなのかな？」

「きっとそうだと思うよ。英雄譚からその感じが滲み出てるし」

「ふーん、あ、そっか……だからパレードの時、やたらボディタッチが多かったんだ」

「ボディタッチすると好きって事になるの？」

「多分……こんな感じで」

メンメンが、平和パレードの時に勇者ダンにサクラがしてたようにウィルの肩を軽く叩《たた》く。

「へぇ、そうなんだ」

「あ、そういう反応ね。知ってたけど」

鈍感なウィルに若干の苦笑いを浮かべて軽くスルーする。

「まさかと思うけど、勇者ダンも意外と覇剣士サクラが女性だって気付いてなかったりして」

「それはないよ。勇者ダンなら初見で看破してるに決まってる」

「確かにね。流石《さすが》に何年も旅をしてきた美人女性を女性だと見抜けない人が勇者やってるわけないもんね」

他愛《たあい》もない雑談をしていると、ユニコーンの馬車が妖精《エルフ》の国、妖精国フロンティアに到着した。

◆◆

「うわぁ、妖精族の人ってあんまり見たことないから新鮮」

メンメンがエルフを見て、目を丸くする。美男美女が生まれやすいエルフが沢山いると、ちょっとだけ居た堪《たま》れない気持ちになったのだ。

「勇者ダンの本どこかに売ってないかな……」

ウィルがキョロキョロ辺りを見回しながら祭りという事で沢山ある売店を眺める。一つの本が積みあがっている店を見つけた。

「あの、ここは何の本を売っているのですか？」

「ここはダンリンリンダンを売っております」

「だ、ダンリンリンダン？」

「はい、勇者ダンと大賢者リンリンの恋愛小説の事ですね」

「へぇ……そういうのも売ってるんですね」

「本人非公認ですが……割と人気です。新作を出すと必ず、とあるエルフの方を筆頭に買う方々がたくさんいらっしゃいます」

「そ、そうなんですね」

ちょっと面白そうだからとウィルはそれを買った。そして、他にも売店を回ると、不死身王イフリートと勇者ダンの戦いについての本を見つけた。

「ウィル買うの？　持ってなかった？　不死身王と勇者の英雄譚」

「でも、また知らない解釈があるかも……過去から現在に自身を持ってくる超常的な相手を、結局勇者はどうやって片付けたのか分からないし、これに書いてあるかも」

ウィルはダンリンリンダンと不死身王イフリートと勇者の本を買った。

「やっぱり、過去から自分を持ってくるってズルいよなぁ」

「不死身王イフリートね……」

「本当にズルいよ、過去から自分を持ってくるんだよ!?」

「確かにねー」

「これを退けただけでも凄いよ！　本当に過去から自分を持ってくるのはずるいなぁ」

「うん、過去から自分を持ってくるのはずるいよね。不死身王イフリート。それに呪詛《じゅそ》王も……彼は退けている」

過去から自分を持ってくるのはずるい！　それを何回言うのだろうかとメンメンは思わず突っ込みたくなるが、それほどまでに彼は勇者の物語が好きなのだと知っているので何も言わない事にした。

「この国、妖精国フロンティアに攻めてきたのは呪詛王だったよね？　十五年前に勇者ダンが倒した魔王だけど」

「うん……そうだよ。あそこから、彼は……呪いによって」

呪詛王の名前を聞くとウィルは僅かに顔を暗くした。彼の言う後継者、抑止力、呪詛王の呪いが頭をよぎる。

プレッシャーとも言うべき重圧に震えている。その様子の変化にメンメンは気付いた。

「――ウィル？」

「なんだ……？　この感じ……」

　そう、聞いた瞬間……空に暗雲が立ち込めた。太陽の光に満ちていた地上は一瞬にして薄暗い不気味な場所に変わる。妖精族の者達はこの底知れぬ不安をどこかで体験したことがあった。

　そう、十五年前の呪詛王ダイダロスの侵攻である。

　ウィルとメンメンも不安に心を震わせた。暗雲に吸い込まれるように風が舞う。唐突に天から見下ろすように全ての者に声が降り注いだ。

『――聞け。愚かなる者達よ……我は真・呪詛王バルカンに仕える四天王が一人、ザリーバンドフェット』

『我らは十五年前、あと一歩のところまで勇者を追い詰めた。しかし、あとわずか至らなかった。呪詛王ダイダロス、偉大なる王に戦果を捧《ささ》げる為《ため》、再び宣戦布告をする』

『ひれ伏せ……我らが新たなる王は過去のどの魔王よりも、勇者ダンよりはるかに強い存在である。絶対にお前たちは勝てない。抵抗をするな、した場合は……死が待つだけだ』

『震えろ……全ての劣等種よ。そして崇《あが》めると良い、新たなる王を』

　そこで声は消えた。しかし、暗い空は明るくはならない。そして、その声を聴いた全ての者達は混乱する。叫び声が上がり、急いでどこか安全な場所へと逃げようと意味もなく走る。

「皆、怯《おび》えてる……」

誰もが頼りたい正義の化身はそこにはいない。そして、更に恐怖を倍増するように大地を何かの大群が渡る音が聞こえる。

何かが彼等に近づいている。

不安不安不安、恐怖恐怖恐怖、正義の化身である勇者はいない。誰もが頼りたくなるダンは居ないのだ。

「お、おい、なんだよあれ⁉」

「あり得ない⁉」

妖精達の絶叫の声が上がり始めた。信じがたい光景に全員が思わず口を開いてしまう。

驚天動地となった妖精国、メンメンもウィルも今までの日常からはかけ離れた、死が迫る光景に動けなかった。

「う、ウィル？」

「嘘《うそ》だろ、空から、隕石《いんせき》が……あんなのはどうにも……」

死んだ。あれはどう足掻《あが》いても今の自分ではどうにもできないと直感した。小さな人が手を取ったところで意味を見出《みいだ》せない。

対抗できるのは勇者レベルの英雄のみだ。だが勇者ダンはいないのだ。

しかし、この国にはダンではないが、希望が居る。妖精族の精鋭や、嘗《かつ》て勇者ダンと共に世界を救った英雄が確かに居るのだ。

空から巨大な隕石が飛来する。恐怖を助長させて、絶対なる死を連想させる。その死を砕くように隕石と同レベルの火球が当たる。それは一瞬で爆風と共にバラバラになる。


「誰の国に落としてると思ってるのッ!!」


——大賢者リンリン。

彼女の魔法により、絶望は無に帰する。大群に向かっても彼女は魔法を放つ。地を歩く魔族は殆《ほとん》ど絶命するが、空から飛来する存在はそう簡単にはやられない。何千という数を彼女だけで捌《さば》くことはできない。


「ウィル」

「僕も戦わないと」

「に、逃げようよ、一緒に……」

「ダメだよ……僕は……勇者に……」

ウィルは彼のような勇者になりたい。彼ならば逃げないと知っている。だから、彼の後継になるには、勇者の後継としてなれと刻まれている。だから、戦いたいのだ。戦わなければならない。困難を越えていかなくてはならないのだ。

大賢者リンリンに続いて、妖精国フロンティアの騎士達も国の外に出て戦場を翔る。

魔族に対して有効的な戦況で戦うことが出来たかに見えたが、再び空には隕石が飛来した。それを幾度もリンリンが消す。彼女はこれが四天王、若しくは魔王クラスの魔族の仕業であり、それがかなり遠くから展開されている魔法であると勘づいた。

『アタシが戻ってくるまで、耐えていて』

そう言って魔法が起動する場所へと彼女は飛んでいく。猛スピードで空を翔る、国でも既に避難が始まっている。

ここに居ても足手まといにしかならないような気がしていた。だけど……彼はやはり引かない。

「メンメンだけでも、逃げて。この国の大樹の側ならきっと大丈夫……」

「ウィルは……」

「僕は――」

「――お前も逃げろよ」

二人に対して鋭い女の声がした。タミカが空から降ってきたのだ。彼女はすでに剣を抜いており、剣に魔法を纏《まと》わせていた。

「戦場で優雅に談義をしている暇はねぇ。お前達はすぐに逃げろ……」

「……僕は戦うよ」

「戦う義理はないだろ。逃げるべきだ。アタシは勇者の子孫だ、いずれ世界に奉仕をする。これは、アタシに課せられている運命でもある。だが、お前はただの平民の冒険者だ。戦う意味があるのか？」

城下町には逃げ遅れている者も居るが……既に戦いの真ん中でもあった。彼等が居る場所こそ戦うべき場所。迷う存在は邪魔でしかない。

「ある。言えないけど……あるんだ」

「そうかよ、なら剣を抜け」

タミカはそう言った。そう言われてウィルも剣を引き抜いた。

「これ以上は立ち話も無駄だ。停滞だけはこの状況で無意味。まずいと思ったらすぐに逃げる手立ても――」

「――その通りです。分かりやすい手ではありますが、こういった混乱の中ではそれが分からない者が多い」

タミカの言葉を遮るように誰かがそう言った。誰かは分からない。しかし、明らかにその主は味方ではないという事に気付かされる。城下町の屋根に視線が向く。

そこには青い髪、青い目、眼鏡《めがね》をかけている男性。肌は浅黒いが普通の人間とは違うのが角が生えている事。そして、蝙蝠《こうもり》のような羽も生やしていた。

魔族、それもただの魔族ではない。明らかにその辺の雑魚とは違う。全く感じた事のない別次元の瘴気《しょうき》。

気付けば手が震えていた。足も魂も恐怖で極寒の中にいるように只管《ひたすら》に震えていた。

「お前は、さっきの声の魔族か」

「ほぉ、この状況でも冷静な分析が出来ますか」

しかし、タミカは別次元の存在と相対してもさほど気にした素振りは無かった。メンメンは既に恐怖で尻もちをついてしまっていると言うのに。

「つまり、お前は四天王というわけか……」

「えぇ、その通り」

「なるほど、良い試練とも言えるじゃねぇか」

彼女はそう言って僅かに嗤《わら》った。それは歓喜とも言える狂った感情。勇者となるのであれば、四天王と戦うのは如何《いか》にも勇者の試練らしいと思ったのだ。

その異質な在り方に魔族、それも四天王であるザリーバンドフェットは彼女を敵として認識した。

「……あまり生かしておいてよい存在ではなさそうだ」

彼の頭の中には勇者ダンの影がちらついたのだ。家の屋根から降りて、彼女の前に立つ。

「……君は強いね」

「アタシは強くない……今はまだ」

ウィルも彼女に対して、恐怖と畏怖と嫉妬と尊敬と希望を持った。だが、タミカの手が少し震えていることにも気づいた。だから彼も剣を抜いて、戦意を四天王に向けた。

（この二人……私の魔力を見ても物怖《ものお》じせずに向かってくるか……生かしておけば後々面倒になることでしょう）

殺すと明確に決めた。彼の役割は大賢者リンリンが居ない時を狙って妖精の国の大樹を枯らすこと。そして、城の壊滅。彼女の居ない間に国を壊せるだけ壊してしまおうと決めている。

だが、それよりもウィルとタミカの処理を優先するのは、前者の役割よりもこの二人を先に始末する方が後々利益になると確信したからだ。

「まぁ、後々の脅威といったところでしょうか。今は他愛《たあい》もない石ころ同然」

タミカとウィルは正に未来の希望と言えるのかもしれない。だが、それは今ではない。今はただの若造、だから、勝てない。

空には暗雲が立ち込めて……それが晴れることはない。

「石ころかどうか、試してみろッ」

「行きますッ」

タミカとウィルが向かう。炎の剣をタミカは上から振り下ろす。ウィルは後ろから援護するように下から振り上げ、二つの小さな光が四天王に向かうが……羽虫を掴むように両手の指さきで受け止められた。

格が違う。

そう思わせられる。存在は知っている。だが、それが明確な敵として立つ状況をどうこうできるはずがなかった。

「未来の希望はここで断っておきましょうか……私にもやることがありますし、早めにね」

衝撃、そして、暗転……しかけた。彼等の腹には魔族の拳が既にあった。体の空気が全部消えて、マグマを流し込まれたように熱かった。

数メートル二人して飛んだ。

「う、ウィル……」

メンメンがウィルの名前を呼んだ。尻もちをついたままで彼女は幼馴染《おさななじみ》を案じる。力が抜けた下半身を手で地面を動かし、這《は》いずるようにして彼のもとに向かう。

タミカは既に意識を無くしていた。ウィルは辛うじて、僅かに気を保っていた。だが、眼はほぼ見えていない。虚《うつ》ろで世界がぶれて見えていた。

「……この女もついでに殺しておきましょうか」

鋭い爪を這いずるように動くメンメンに向ける。あの爪が彼女の細い体を貫けば一瞬で絶命するだろう。

虚ろな眼で僅かに見える景色でもそれが分かった。

——どうして、僕には……何も救えない。

どうして、彼のように誰よりも速く、強く手を差し伸べることが出来ないのか。どうして、大切な人すら守れないのか。

怒り、嫉妬、憎悪、懺悔《ざんげ》、そして、願い。

誰か、誰か救ってくれ。

そう、願う。だが、それは間違いであることに気付いた。誰でもない、自分が願われる存在になると誓ったのだと。

彼は手を伸ばした、決して届かない距離だと分かっていたのだが。それでもかつてない感情の昂《たか》ぶりを見せて未来に手を伸ばした。

──爪がメンメンに振り下ろされた。

辺りは血で染まる、城下の道に血の染みができる──。

──そんな未来はなかった。

ウィルはメンメンを両手で抱えていたのだ。一瞬で彼女を手中に収めた事に、ウィル以外が驚愕《きょうがく》する。

「え⁉　う、ウィル⁉　え？　か、髪の毛、真っ白……」

「落ち着いて、メンメン。僕は大丈夫だから」

「ふ、雰囲気違くない？」

黒い髪は真っ白に、いやどちらかと言うと銀色に染まっていた。眼は黒ではなく、赤色に変わっている。

お姫様抱っこされながら、メンメンはウィルの変化についていけなかった。確かにウィルであると分かる。だが、雰囲気や佇《たたず》まいがいつもの彼とは違い過ぎたのだ。

ウィルは彼女をタミカの近くにそっと置いた。

「タミカさんの傷を治してあげて欲しいんだ。メンメンなら出来るから」

「え⁉　わ、私、治癒魔法とかや、やったことないんだけど」

「大丈夫、願えばきっとメンメンの魔法が応えてくれるから。タミカさんを頼む」

「で、できるかな」

「うん、大丈夫。こっちは任せてほしい」

（この人、本当にウィルなの？　髪色も変わっちゃったし……まるで別人!?）

「何者ですか、貴方《あなた》は」

「僕は勇者を継ぐものだよ」

彼は淡々と薄ら笑みを浮かべてそう答えた。余裕があった。先ほどまでの石ころのような実力は一瞬にて希望とも言える存在へと昇華した。

暗雲に僅かに太陽の光が差し始めた。

「……まぁ、何者でも良いでしょう。どうせ、殺すだけです」

「かかって来なよ」

不思議な魔力がウィルを包んでいた。

「勝てるの……ウィル」

「勝つさ」

次の瞬間、ウィルと魔族は風になった。そして、驚くべきことにウィルの左手が四天王ザリーバンドフェットの頬《ほお》に突き刺さっていた。バキリと顔にヒビを入れて数十メートル

吹っ飛ばす。

「こっちは時間がないんだ、早めに終わらせるよ」

「調子に乗るなよ！　劣等種族が！」

始まりの剣。それを抜いて、四天王の数百と展開された魔法を切り裂く。隼《はやぶさ》が飛ぶように、彼は四天王に向かって行く。

あまりに実力が先ほどとは違い過ぎるウィルに驚愕を隠せない。

（こ、これはどういうことだッ、極端に身体能力が向上した、技術も……魔法⁉　いや、こんな実力を付与できる魔法があるはずもない。実力を隠していた⁉）

（そんな意味もないはずッ。だったら、この成長、飛躍、そんな言葉すら生温《なまぬる》い次元の強さを急にどうやって得たのだ！）

ウィルの剣を拳で受ける、文字通り豆腐を斬るようにザリーバンドフェットの腕は飛んだ。そのままウィルの回し蹴りが突き刺さり、四天王は数百、いや数キロ規模で吹っ飛んだ。

戦場を抜けて、遥《はる》かなる魔の王が待つ場所まで飛んだ。

「小僧が！」

「小僧ってほどの歳《とし》じゃないよ」

◆◆

大賢者リンリン。それは妖精族の希望。神の子として、彼女の出生は神託によって予言されていた。妖精の国の大樹は神が植えた木とされており、それが自然豊かな国として成長できた要因でもあった。

神という存在を誰もが信仰している国で彼女は生まれた。幼い頃から彼女は期待をされていた。

重圧とも言える、勝手な希望を押し付けられていた。特に彼女が小さいときは魔王サタンが復活して誰もが気が立っており、余計に彼女に縋《すが》る者が多かった。

だから、彼女は幼い頃に国を飛び出した。

色々あったが……彼女は期待を僅かにも背負う必要は無くなった。それは勇者ダンが居たからだった。

でも……今はいない。そう思った。そして、いつまでも彼に頼る自分で良いのかと疑問を持っていた。

(そんなわけないわよね……ダン……)

隕石《いんせき》を作り出す魔族を追って、彼女は僅かに国を離れた。数十キロ離れた場所にカボチャの被《かぶ》り物をした魔族と、全身が岩で出来ている三メートルほどの巨体の魔族が眼に入る。長年の戦いの勘で分かった。あれは四天王であると。彼等の周りに数百体の魔族も居るが、あれはただの誤差のような存在であるとも分かった。

問題なのはあの二人の魔族であると彼女は意識を向ける。

「オデ、アイツ、タオス……マオウサマ、メイレイ」

「ぷぷぷ、妖精の王女が本当に釣れたから早く倒しちゃおうよ」

「どうでもいいけど、アンタ達が四天王って訳ね。速攻で倒して国に戻るわ」

「ソレ、ハ、フカノウ。ナゼナラ、オマエ、マケル」

「アンタ達程度に負けるわけないでしょ……」

「ぷぷぷ、それはどうかな？　魔法が使えれば多少拮抗《きっこう》しただろうけど……今の君に魔法は使えるの？」

ゾクっと身の毛がよだった。違和感が体を支配していたからだ。彼女は自身の魔力を一切感じない事に今気づいた。

彼女の疑問に答えるようにカボチャを被る魔族、四天王パンプキンは一本の剣を出した。

「これは呪詛《じゅそ》王ダイダロスが生涯をかけてお創りになった、呪詛封呪の剣。これがある一定範囲内は、魔法が使えないのだー。因《ちな》みにオンオフは使用者が決められるんだー、ぷぷぷ」

「オマエ、オビキダサレタ。マホウツカエナイ、ケンジャ、スグコロセル」

「殺そう、賢者を……ほら、配下達、やっていいよ。一応、勇者パーティーメンバーだから、油断せずに先《ま》ずは脳を砕いて、徹底的に殺して」

数百という魔族が迫る。リンは歯軋《はぎし》りをしながらも杖《つえ》で殴ったり、僅かしか使えないが体術で彼等に応戦した。だが、彼女は魔法使いであって、戦士でも武闘家でも、剣士でもない。

「オデモ、ケンジャ、コロス……マオウサマ、ハヤクニンムタッセイ……」

四天王ブロッグ。彼が岩の体を器用に使い、空に飛び拳を地面に打ち付ける。リンは必死に避けるが、あれが生身の自分に当たったら間違いなく死ぬだろうと分かった。

そして、このままきっと自分は殺されることも。

(あぁ、これ死んだわね……魔法使えないし……体術とか少ししか教わらなかったし……ダンに剣教えてもらおうと思ったけど……素直になれなくて無理だったのよね……)

(まぁ、アタシが悪いから仕方ないんだけど……)

(でも、死ねない。死にたくはない。だって、告白もしてないし、デートだって……手を繋《つな》いだことだってちょっとしかない。キスをしたことも……)

彼女の頭の中には、心の中にはいつも勇者《ダン》が居た。死期を悟って尚《なお》、生きたいと思うのはダンと、彼と共に生きたかったからだ。

疲弊した体を何とか動かし、気力で、死ぬわけにいかないと無理に動かした彼女の体力はもう限界だった。血の味がする口内、もう、擦り切れるほどに走った。だが、希望は見えなかった。

空には暗雲。

眼《め》の前には岩の魔物、それも四天王だ。魔法が使えない自分は、もう生き残れない。惨めに命を拾う事すらも出来ない。

体力が切れて、彼女は膝をついた。巨大な岩の魔物の足音が聞こえる、心では逃げないと思っているのに体はもう動かない。

魂が震えている。会いたい、生きたい、一緒に居たかったと。後悔の念が強く強く魂を震わせる。だが、もう、気力ではどうにもならないほどに体は酷使された。

岩の魔物が拳を天に引き上げる。あれが振り下ろされたら自分は――。

(死にたくないよ……ダン)

「――え？　これどんな状況？」


唐突に間の抜けた声がその場にいる全員に聞こえた。ずっと止まっていた時間が動き出すように強く、只管《ひたすら》に強く風が吹き始める。

空の暗雲すらも強風で少しずつ動き始めた。

「大丈夫ですか？　リンさん」

「バン……」

ツンツンヘアーにぬぼっとした青年。どこにでも居るような平凡な彼がタキシード姿で立っていた。

彼はリンしか見ていなかった。

「誰だよ。配下達、やっちゃって」

パンプキンがそう言うと数百の魔族が彼に飛びかかる。だが、彼は驚きもせず、ただ通り過ぎた。それだけで魔族の群れは塵《ちり》となって消える。

「邪魔」

「「「ッ!!??」」」

正確には通り過ぎたのではなく、拳で数回程、殴り、その衝撃で全て無に帰したのだが。

それが見えたものはいない。本当にただ通り過ぎただけで数百の魔族が消えたように彼女には見えた。

「……嘘《うそ》。全く見えなかった」

リンが眼を見開いて驚きを露《あら》わにする。だが、驚いているのだが、驚愕という程ではない。まるで、心の底ではそれが分かっていたかのように。

「──リンさん、凄《すご》く服汚れてますけど、大丈夫ですか？　この後、冒険者交流会ありますけど」

そう言いながら岩の魔物を殴った。何事もなかったように爆風が吹いて、岩が砂に変わるほどに衝撃が辺り一面に広がる。

「あ、うん……汚れは後で取れば良いから……それより、その……」

「この服装ですか？　実は十五周年冒険者交流会だって聞いて、ちょっと気合入れて黒服にしてみたんです。妖精族は美人が多いから、見た目に気を遣った方が良いかなって」

「あ、いや、そういうことじゃなくて……」

「確かにそうですよね……で？　お前たちはなんだ？」

何気ない言葉だが正に強者の言葉。覇気を入れて威圧するつもりがあったわけでもない。

だが、どうしても滲み出る天に居る者の性。

四天王パンプキンは己の死を幻視した。既に命は目の前の男に握られていると。

「そいつらは、真・呪詛王の手下の四天王、らしいわ」

「……そう言えばこんなの居たな」

「え？」

「いや、なんでもないです」

死を悟った魔族は無意味と分かりながらも、自暴自棄になりバンに剣を向ける。

彼は何もされていない。ただ、聞いただけだ。リンを傷つけられて怒気を含んだ声を、聞いただけ。それだけで彼は自分を失った。

「うわぁぁぁぁああああああ!!!!」

呪いの剣を振り下ろす。しかし、再びバンが無慈悲に拳を振るう。爆風によって魔物の身体も呪いの剣も吹き飛ばされた。

脅威も恐怖も一瞬で消えた。唖然《あぜん》とするリンはバンを見て、ある存在を幻視してしまう。

「あの、呪詛王が復活したんですか？」

「違うの、なんか、バルカンとか言う魔王が攻め込んできて」

「そうですか」

四天王を倒したことも気にも留めずに淡々と何が起こったのかリンに聞いた。

「冒険者交流会邪魔されたら、嫌ですね」

「そんなに、あれ好きなんだ」

「それなりには……それでそのバルカンとやらはどこに居る感じですか？」

「ごめん、分からないの」

「謝らないでいいですよ。それにしても、大賢者様がここまで手こずるとは結構な相手なんですね」

「あ、うん。その、魔法を使えなくされててさ、それで走り回ってこんな感じに……」

「なるほど。取りあえず疲労してるみたいなので城まで送りますよ。強いお兄さんとかお姉さんとか居ましたよね？　その人に預ける感じで」

「いいわよ、アタシなんて気にしなくて」

「ここに放っておくほうが気になります。ほら、おんぶしますから」

　ぺちぺちと自身の背中を彼は叩いた。彼女はダンの背中に無意識に体重を乗せて、首に手を回した。

　その次の瞬間、彼は神速で走り出す。風すらも置き去りにして走り続ける。

「……バン……速くない？」

「いや、これくらい普通ですよ」

「いや、どう考えても普通じゃないと思うけど……」

「普通です。あと、俺が四天王倒したの秘密でお願いします」

「え？　どうして？」

「まぁ、色々あって」

「……そう、分かったわ」

彼女はこの背中の感触も、あの圧倒的強さもどこかで知っている。いや、もう気付いていた。

「ありがと、バン《ダン》」

「いえいえ」

バンはそのまま彼女を城まで送った。そして、真・呪詛王バルカンを探しに再び、走り出した。

高速とも言えるようなウィルの回し蹴りが四天王ザリーバンドフェットに突き刺さり、

彼を国外に吹き飛ばした。

　国の外では妖精族の精鋭と魔族たちが戦っている。それを越えるように四天王を蹴り飛ばしたので、ウィルと四天王は荒れ地のような場所で向かい合う。

「ぐっ、この私が……呪詛王に次ぐ実力を持つ、この私が……劣等種族にッ」

「……終わりにしよう」

　ウィルの手の甲が光る。素粒子のように細かい光が浮かび上がったかと思うとそれが集束して、ルーン文字のような神々しい何かが浮かび上がる。

　一般的に使われる妖精魔法でもなく、魔族が使う異界魔法でもなく、精霊と契約して使う精霊魔法でもない……それは――。

　――古代魔法。三千年前に生きていた、古代人。勇者という存在が生まれる前に現存していた古の魔法。今では使える者は殆《ほとん》どいない。

　使えるのが判明しているのは勇者ダンや大賢者リンリンくらいである。勇者ダンはリンリンからマンツーマンで徹底的に教えられたので古代魔法を覚えることが出来たのだが、その精度はリンリンの方が上である。

「銀河の彼方《かなた》より舞い降りん、星屑《ほしくず》の輝きを纏う剣よ。煌《きら》めきの刃、手中の中で輝き放て」

「まさか……勇者ダンの光の柱《ロード・オブ・バベル》……ッ」

光が拳を伝って剣に宿り、天すら切り裂くのではないかと思えるほどの巨大な光の剣に変わる。刀身の長さ、太さも肥大し、大剣となった剣をウィルは振るう。

全てを切り裂くと言われている、光の剣を生み出すその魔法の脅威は誰もが知っている。だからこそ、魔族のザリーバンドフェットは回避をするという行為に徹した。

人間とは比べ物にならない強度の肉体、明白な種族としての強さがあるにもかかわらず、理解をした。あの剣は己を殺しうる理不尽の塊であると……。

（勇者ダンしか、使えないとされていた古代魔法の一つ……なぜこの男が使えるッ!?　勇者ダンほどではないとしても……これは明らかに届きうる……この私に……）

縦横無尽に互いに移動する、ウィルの剣を避けるだけである魔族。その攻防に徐々に違和感を感じていた。

（読まれている……徐々に詰められている……。反撃の隙が徐々に消えていく……）

ウィルの動きが、明らかに自身が動いているという事を想定して動いていると感じ取った。未来視と同意義の戦闘の読み、それによって自身すら動かされつつあり、自身を仕留める一手に手を置こうとしている。

コントロール、ある意味では勇者としてのウィルの戦い方の一種の正解、完成形とも言えるのかもしれない。

それは四天王すら圧倒する。地面にめり込むほど蹴って、彼は魔族の懐に飛び込んだ。軽く、腹を殴打し、隙を作り、左手で魔族の頭から下に向けて剣を振り下ろす。

「――天空斬り」

未来の希望の一撃は容易《たやす》く絶望を切り裂いた。頭から足にかけて光が落雷のように落ちて、魔族が切り裂かれる。

ウィルは真・呪詛《じゅそ》王バルカンに仕える、四天王最強ザリーバンドフェットを打ち破った。彼の剣の余波で地面は抉《えぐ》れ、長いクレーターのような物が出来た。

強敵を打ち倒したと言うのにウィルの顔は晴れていなかった。それは先ほどから彼の頭の中で直接大音量でスピーカーを叩きこまれているかのように鳴っている、直感による危険信号が原因だった。

それに応答するように黒のマントが翻り、空からとある魔族が飛来する。青髪、褐色の肌、頭上に角が二つ生えている。好戦的であり自信に溢《あふ》れている表情は明らかに強者のそれである。

「ほほほ、まさか私の配下を倒すとは中々やるではないですか」

「貴方《あなた》が……バルカン……」

「そうですとも……初めましてと言っておいた方が良いのでしょうか？　勇者ダン」

「……？　僕は勇者ダンではないけど」

「おや？　あの古代魔法、光の柱《ロード・オブ・バベル》は勇者ダンしか使用者が居なかったと記憶しているのですが」

「……」

「まさか、継承したとでも言うつもりですか？　だとしたらあり得ない。遠くから見ていましたが、正しく勇者ダンの剣捌《さば》きと言える美しいモノだった」

「……魔王に褒められても嬉《うれ》しくない。だけど、これだけは言える。僕は勇者ダンじゃない」

「まぁ、いいでしょう。私は貴方が勇者ダンと確信している、素顔を知るものは誰も居ないのだからいくらでも誤魔化《ごまか》しは利きますしね。しかし、鉄仮面の下があなたのような子供だったとは」

「……何度も言うけど、僕は勇者ダンじゃない。あと子供でもない、童顔とは言われるけどね」

「ほほほ、何が違うのか分かりませんが……そろそろ始めましょう。世界の運命をかけた戦いを」

魔王が両手を開いた。その瞬間、禍々《まがまが》しい魔力が大気を揺らした。魔力、オーラ、正しく絶望の頂点、勇者と対極であるという存在が痛いほどに伝わってきた。

「……これが真・呪詛王バルカン」

「ほほほ、貴方が以前倒した呪詛王ダイダロスよりも強いですよ」

「……倒したのは僕ではないけど……貴方が再び攻め込んできたのは復讐《ふくしゅう》の為ですか？」

「復讐には興味がないです。そもそも父親とあまり話したこともありませんし、他の魔族が死んだことについてもどうでもいい」

「……」

「貴方が倒した四天王についても同様です。あれらは駒に過ぎません」

「……駒」

「そう、駒ですよ。私一人いればこの世界を滅ぼすのも支配するのも事足りる……」

「遊び……自分が出れば終わってしまうから……楽しむために後ろでただ、見てたということ……」

「よく分かりましたね。だから、今は凄《すご》く楽しみですよ。あの勇者がどこまで戦ってくれるのか」

ゆっくりと歩み寄ってくる。絶望が一歩近づいてくるたびに死が迫り、地獄が見えた気がした。僅か、一秒、それよりもっと短い時間、刹那さえも気を抜けば己が死んでしまうと彼は理解していた。

格上との戦い。

何度も戦った事があった。それでも……。

（まずは、観察をして動きを——）

「——観察の暇はないと思いますが」

「ッ！」

後ろから腕を横に振るった。安易な攻撃だがウィルは急いで頭を下げる。そして、振り返ると驚愕《きょうがく》した。

自身の古代魔法を使ったかのようにクレーターが出来ていたからだ。あまりに常識から外れてしまっている逸脱した存在。

「おや、顔に不安が浮かんでいますよ。勇者がそんな事で良いのですか」

「まさか、いつももっとすごいのを見ているから、大したことなくて安心しただけだよ」

（これは……勝てない……ッ、はは、笑えて来る……あんなに強い人から教えを受け続けたのに……これは……無理ッ）

負けを悟るがそれでも彼は剣を振る。光の剣は空振り、更に超高速の読みを使用し、未来を見通すことをするが……。

「未来を見たところで私は捉《とら》えられませんよ」

軽く、手の甲がウィルの背中に当たる。巨大な鉛を叩きつけられたような衝撃が走り、骨が砕ける。

「――あぐッ」

巨人に投げられたようにウィルは吹き飛ばされた。地面にぶつかりながら、衝撃が消えることはなく数キロは勢いが止《とど》まることはなかった。

そして、なんとか勢いが止まり立つことは出来たが……その体はあまりに重かった。骨が砕けた、ダメージを負ったというレベルではない。

「聞いてた以上だよ、全く……あの人は大したことないって言ってたんだけどな……全然すごいや」

「まだ生きてましたか。大したものですねぇ、勇者というのは……」

「はぁはぁ……そりゃ鍛えてるから」

「ふむ、私が触れたのに……まだ立てるとは」

真・呪詛王バルカンは、身体能力は勇者ダンが戦ってきた歴代魔王の中でもトップクラスの強さを保有している。純粋な身体能力、それだけでも凄《すさ》まじいが彼の強さはそれだけではない。

十二階梯《かいてい》、異界魔法、強弱付与《バフデバフ》。これがバルカンの切り札であった。

この魔法は二つの特性を併せ持っている。一つは加点《バフ》魔法発動時から一秒ごとに身体能力が向上していく。もう一つは減点《デバフ》という触れるたびに相手の身体能力、魔力を下げることが出来る。

彼はこれしか魔法は使わない。他にも使えるがこれが彼にとってのベストの戦闘スタイル。

減点《デバフ》による効果の幅は人によって様々だが、四天王すら一度触れれば動けなくなるほどに能力が強い。だからこそ驚きがあった。ウィルがまだ立っていることに……。

「まぁ、立てただけでどうという話ですが……ね」

そう言いながら手をウィルの額に当てようとする。それを彼は避ける、みすぼらしい程に落ちた身体能力、避けた拍子に腰を地に落としてしまう。

「減点《デバフ》を受けても体を動かせるのは流石《さすが》とは思いますが、伝説もこんなものですか……ね」

ウィルの強さに見切りをつけたようで、軽く右足で彼を蹴った。再び彼は小石のように吹き飛ぶ形で飛んでいく。

身体能力が落ちた事でダメージもさらに大きく、彼は飛ばされている間に気絶してしまう。彼は闇に落ちると髪の毛が銀から黒色に戻った。

バルカンは吹き飛ばされたウィルのもとに再び歩み寄る。もう興味すらない伝説となっているが、髪の色が急に変わった事が気になったからだ。

「想像以上に伝説が小さかったですねぇ。勇者がこれでは世界はもう私のモノ……手に入ったと分かると詰まらない……ダイダロスの呪いが無ければもう少し楽しめたのかもですが言ってもしょうがない事ですか」

ウィルを勇者ダンと勘違いしたまま、彼は空に上がる。羽を広げて天から彼を見下ろして、右腕を掲げる。

バチっと、雷が数十あらゆる場所から発生する、天から降りるように、地から昇るように集束して、極大なプラズマの電球を地に落とした。

「さようなら……勇者よ」

巨大な爆弾が爆発したような轟音《ごうおん》、それによる余波でエルフの国付近に生えている木々が吹き飛ばされた。

「さて、駒も死にそうですし、私がエルフの国に出向いて――」

「――自然は大切にした方が良いんじゃない」

爆発により荒れ地になった荒野に一人の男が立っていた。タキシードにツンツンヘアーの青年だ。彼はボロボロになったウィルを背負っている。

「君が魔王って事で良いよね？」

「おや、貴方は？」

「俺は……いや、魔王と二人きりなのにバンを演じる必要はないか。俺は……そうだな、魔王が居たから倒しに来たってところだ」

「ほう……」

「お前のせいで冒険者交流会が無くなったら困るからな」

「ふむ⁇」

「まぁ、それは半分冗談だけどさ……これだけリンの国で暴れたんだ……遺言だけ聞いてやるけどどうする？」

下から己を見上げる男……魔王は何故《なぜ》か空から地に降りた。それは無意識のうちに違和感があったのかもしれない。自分が彼を見下ろすという構図に……。

「ほほほ、吠《ほ》えましたね。私に対して遺言とは……しかし、それなりの実力者のようですね」

「それなりには……強いよ、俺は」

「先ほどの勇者ダンへのとどめの一撃を救った、あの速さ……明らかに普通ではなかったですからね、自信家なのも納得です」

「……？」

（勇者ダンへのとどめの一撃ってどういうこと？　何言ってるんだ……魔族ってやっぱり話通じない奴《やつ》多いからな、気にするだけ意味ないな）

「しかし、本当にあの速さは大したものです。普通ではない訓練を積んでいるとしか……まさか……勇者ダンの弟子か何かですか？　……呪われた命が削られるために自身に替わる新たな勇者を勇者ダンは生み出していたのか」

「は？　何言ってるのか全然分からん……何でもいいけど」

「ほほほ、確かにそんなことはどうでもいいでしょう。さぁ、決死の覚悟でかかってくるといい」

「……あ、剣忘れた」

自身がタキシード姿で尚且《なおか》つ、剣を忘れていることにダンは気付いた。しかし、そもそも拳で戦えば良いのかと思ったが、ウィルが剣を持っていることに彼は気付いた。

（あれ、左手で持ってる……いつも右手で持ってるのに……）

ウィルがなぜか左手で剣を持っていることにダンは違和感を持った。いつもは右手で持って向かってくるのに、どうして逆の手で持っているのだろうか。一瞬だけ迷ったが、どうでも良いかと割り切って剣を借りた。

「なるほど、魔王に挑むために、師匠の剣を持って精神的な安定剤にするつもりですか」

魔王バルカンはウィルを勇者ダンだと思い込み、ダンを勇者の弟子と勝手に思い込んでしまっている。しかし、それを訂正するのも面倒だし、そもそも魔族は話が通じない頭がオカシイと思っているダンは特に話を発展させることはしなかった。

「……では、見せてください。勇者の弟子としての力を」

――次の瞬間、死を意識した。

幻想があった。一歩踏み出そうとした瞬間、魔王は己の死を悟ったのだ。剣を持ったツンツンヘアーのどこにでも居そうな、雑草のような顔つきの青年の剣が届く領域に踏み込みかけた事で恐れを抱き、足を止めた。

（……まさか、この私が引いた……？）

人間という劣等種族、しかし、その薄皮一枚の内側には自身も信じられないほどの莫大《ばくだい》なエネルギーが内包されている化け物であると直感で彼は感じた。

「ほほほ、良いでしょう。ならば私も本気で行きましょうか!!」

歩く、という行為を捨て、彼は踏み込み爆発的な速度の上昇を見せた。自身と対等と思われる敵にのみ行う一種の激励とも言える一撃。

大きく振りかぶり、彼はダンへと殴りかかる。

(入ったッ)

最早《もはや》、避けられないほどに拳はダンの顔面付近に接近をしていた。いくら化け物とはいえ、ここから挽回《ばんかい》して回避、防御をする事は不可能であると思われたが、その答えは自身の身体がどこかしらの岩盤にめり込んでいたという事であった。

「か、かはッ」

岩盤で血反吐《ちへど》を吐く魔王は自身がコンマ一秒前に見た信じられない現象を想起する。

(殴ったと思ったら、既に私の腹にはヤツの剣が当てられていた……)

殴られていた結果だけを先送りしたのではないか、因果が逆転したのではないかと思えるほどの圧倒的速さ。まさか、この瞬間、あの一撃であの化け物を負かせると思ったわけではない。しかし、だとしても……この現象には説明がつかなかった。

勝った、僅かにだけ勝った、先手を打ったと思ったら『後だしジャンケン』のように自身が先手を打たれていた。

（ほほほほほ、良いでしょう。まさか、自身の全力を出せる相手が見つかるとは……）

「あそこでドンパチやるとウィルが危ないから、移動させておいた」

軽く、彼は言った。気付いたら自身の数メートル先に居て剣を鞘《さや》に納めている。それを見て、魔王は奥の手を解放する。

「加点《バフ》、多重展開ッ……ほほほ、私は一秒毎に身体能力が二倍以上になっていきますよ」

「強そうな能力だな。魔王って大体そういう能力持ってるけど」

赤く途方もない太陽のような輝きが魔王を包む。僅かな会話、極限の戦線の中の僅かな休息。それをしている間に二倍、四倍、八倍と相手は強くなっていくのだ。それを聞いて流石の化け物も肝を冷やしているだろうと魔王は感じる。

事象を無視したような能力。それに呼応するように足を一歩踏み出すだけで大気に、大地にヒビが入る。全ての運命を握るかのような強さを惜しげもなく魔王は発揮する。

圧倒的な強さを持つ相手に対し、僅かな尊敬と自身の意地。それを足に集約して彼は再び、飛んだ。

大地が大きく割れる。踏み込み足一本で起こせる現象ではない。そのまま魔王はダンの顔面に向かって再び大きく飛んだ。

既に一秒、二秒、三秒、否、数十秒以上、自身が加点《バフ》を発動してから経《た》っている。だから、身体能力は二倍、四倍、数百倍となっていた。

だと言うのに、次も自身の体に剣が当てられていた。そのまま斬られた。真っ二つにはならなかったが空中に飛ばされていた。

「ほほ、ここまで凄《すご》いとは！　貴方《あなた》は世界で一番強いですよ。私が居なければですがね!!」

「……」

（人間に、ここまでの猛者が存在するとは……今なら我が父が人間に敗北したのもわかる気がしますね）

再び地上に着地して、魔王は殴りかかる。だが、それすらも無に帰するように殴られた。剣を持っていない左手の一撃は魔法の軌跡のように大きな意味を持つ。

「へぇ、これで死なないのか……今までの魔王たちの中でもかなり強いかもな」

「ほほほ、私より強い魔王は存在しないですよ」

「確かにそうかもな。と言いたいところだけど」

縦横無尽に駆け回る。上から下から右から左から、正攻法で殴る。だが、それでも届かない。邪法として岩を投げる、地の岩盤をひっくり返し上から岩の雨を落とす。

岩を全て一瞬の剣戟《けんげき》で砂に変えるダン。それを見て、魔王は苦笑いを浮かべた。

（私のバフの効果はかなり大きくなっているはず……だとしてもここまで渡り合うとは。

剣戟が極まっているという言葉も合わないほどに多大か）

（だが、あと少し、あと少し……ここまで既に一分以上経っている、このままいけばいずれ上回る。手数でも、能力でも純粋な強さでも）

岩の雨は一瞬で砂に変わる。その隙にダンの後ろに回るが彼の回し蹴りで彼は再び吹っ飛んだ。

（ほほほ、間接的でも今、私に触れた。減点《デバフ》もかかった。ならばもう……）

相手に対する弱体化効果の付与。それに対して、自身はどこまでも強くなれる、魔力がある限り、倍になって行く。

吹っ飛ばされながら、また殴りかかろうとしたのだが、その思考の前に眼《め》の前には彼が居た。再び鉄剣による一閃《いっせん》。

どこまでも飛んでいく。

（だが、あと少しだ。あと少しで、私が上回る……）

そこから更に一分経過した。

（あと、少し）

更に、十分経過する。この時点で既に惑星を一つ破壊できるほどに成長をした魔王は自らの勝ち筋を完全に視界に入れた。あと少しで勝てる。

（あと、少しのはず……）

この世界には自らよりも強い存在はいないほどに成長をした。強さをつけ足した。歴代の魔王もここまでの強さはなかっただろうと彼自身は、驕《おご》ったわけでもなく、調子に乗ったわけでもなく、買い被《かぶ》ったわけでもなく、過大評価したわけでもない。

だが、彼の剣は気付いたら腹にあるのだ。本当に因果が逆転しているのではないかと思えるほどに追いつけない。

（少しのはずなんだ、あと数秒、数分、いや、数時間……私が耐えれば……）

「はぁ、悪い癖が出たな……」

ダンはそう言いながらタキシードに付いた埃《ほこり》を落とす。その男には余裕があった。まだ底は見せておらず、そもそも見せる必要すらないと言わしめるほどの空気の軽さ。

その、『軽さ』がどうにも気味が悪かった。圧倒的な存在であるはずなのに、それなのに、まるですべての事象を俯瞰《ふかん》して見ているような。頂上から、神のような視点でずっとこちらを見ている彼は一体何なのか。

「ほ、本気を出しているのか、いやそんなわけがない……なぜ、本気を出さない」

「折角《せっかく》用意したのにタキシードがダメになったらいやだろ、この後冒険者交流会があるんだよ」

彼は別に相手を弄びたかったわけではない。最低限の動きしかしたくなかったのだ。派手な動きをする事で、折角用意したタキシードが汚れたり、破けたりするのを避けたかった。

それだけなのだ。別に手加減をしているわけでもない。だからと言って本気を出しているわけでもない。底知れない、底抜けの塊。それが最強の勇者と言われるゆえんなのだ。

そして、彼が序盤から本気を出さない理由はもう一つあった。リンの影響だ。彼は以前リンの前では強敵と敢《あ》えて拮抗《きっこう》を演じるということをしていた。

リンが心配してくれたり、戦う時間を長く見せてカッコいいと言ってくれたりするのではないかと思っていた時期があった。その癖は徐々に直ってはいるが、それでも僅かに残っていた。

本気は出さない、出していない、出す必要もないと。そう魔王は彼に言われているような気がした。

「ほほほ……なるほど、敢えて相手に底を見せて、最大限の膨大な力を上から叩《たた》くことで自身の存在をさらに大きく見せる。それによって、自身の力を広め、知らしめて、平和の抑止力にしているのですか……」

「え？」

「ほほほ、しかし、敢えて手加減をするとは勇者の器として見えない気もしますがね……」

せめてもの皮肉として言ったが……言われた本人は『言われ慣れている』のか特に顕著な反応もない。

「俺は器はそんなに広くないぞ。一般サイズだ」

「……ほほ、どこまでも舐《な》めたような口振りですね」

この会話の内にもどんどん成長をしている、身体能力。しかし、魔王はそれでも強さが届かないと実感しつつあった。

これほど、いや、魔力が切れるまで成長をして強さをつけ足しても勝てないのではないか。もっと言えば、魔力が無限にあったとしてもどんなに長い年月を強さに当てたとしても勝てない。

次元が違う、正しくその表現が的確だった。

もっと強くなれば勝てる。だが、相手はもっともっともっと、もっともっと強い。どれだけ肥大しても越えられない壁がそこにあった。

「ほほほ、しかし、私には切り札があるのですよ……」

彼は羽を大きく広げて、空に飛んだ。そして、己の魔力を全て心臓部に内包する。チカチカと体に点滅が走る。

「これは、爆発の魔法……自爆ともいえるのですがね……これが発動すればここら一帯は消し飛ぶ……エルフの国も全てが消えることになるでしょうッ」

自爆という選択肢を選んだ。勝てないのであれば、せめて引き分けにしようと考えた。

星を崩壊させるほどの威力を持った、魔力と魔法。

しかし、それと同等以上の魔力を魔王は感じる。

（こ、この魔力量は私と同等!? 私の全てをなげうった魔力と……いや、どんどん大きくなっている！ 塵《ちり》と星のように……差がッ）

彼の周りは光の星々に包まれるように輝いていた。勇者ダン、その強さの微かな一端が垣間見《かいまみ》えた。

「銀河の彼方《かなた》より舞い降りん、星屑《ほしくず》の輝きを纏う剣よ。煌《きら》めきの刃、手中の中で輝き放て」

――魔王の眼の前が光で埋まった。

魔王の前に広がったのは幻想的な光景だった。世界のどこを探してもこれほど美しい光景が見えるはずがない程に感極まる情景。

光が一人の男の手の甲から発せられたのだ。たった一人の内側から僅かに出た光が集束して一つの剣のようになったのだ。

膨大な光の奔流が彼の持っている剣に纏《まと》わり付き、そしてそれはそのまま振るわれる。

ウィルの使った古代魔法と全く同じ光景だが、質が違った。

その光は星すら砕く、ではなく塵すら残さない。魔王に向かって天上の頂すらも超えてしまった。

「お、お前は、い、一体⁉」

「……」

「ま、まさか、この破格の力。き、貴様こそが本物の⁉」

あまりに世界から飛び出している逸脱した力。何度も配下から、四天王から聞かされた、伝説の勇者の力の話。全てがフラッシュバックしてようやく魔王は気づいた。

「――天空斬り」

文字通り、光が天に向かって伸びてそれですべては決着した。

「リンの国には手を出させるわけにはいかないからなぁ」

剣を振り全てを消した彼は剣を鞘に納めた。その後自身の服装を見て唖然《あぜん》とする。光の剣を振った影響で服が破けてしまったのだ。

「あ、やっぱりちょっと強めに剣振ったら服破けた……」

溜息《ためいき》を吐きながら彼はその場を後にする。そして、傷だらけのウィルを背負って、妖精の国へと向かった。

終章　勇者の正体

ゆっくりとウィルは眼を開けた。どこか知らないベッドの上で彼は目を覚まして、周りを見回す。

「あ、起きた」

「バンさん……」

ツンツンヘアーで偶《たま》にお世話になっている冒険者のバンが、ウィルが目を覚ました事に気付いた。

「あの、魔族が攻めてきて、それでどうなったんですか……」

「解決したらしいよ。魔王も勇者ダンが倒したってさ」

「そっか……僕は……何も出来ずに……」

「結構頑張ったって聞いたけど？」

「誰がそんな事……」

「ウィルの幼《おさな》馴染《なじみ》の子」

「メンメンが……メンメンは無事ですか⁉」

「無事だよ。まぁ、結構頑張ったって事で良いんじゃない？　詳しくは知らないけど」

「でも、結局勇者ダンに……頼ってしまった……」

「ウィルって……」

「……？」

落ち込む彼にバンはいつもと変わらない声のトーンで話しかけ続ける。

「用を足すとき以外でもイチモツ出すタイプ？」

「え⁉　どういうことですか⁉　全然そんな話してないのに」

「物の喩《たと》えなんだけど……尿が漏れそうだからトイレに入るちょっと前に事前にパンツからイチモツ出すみたいなのってあるじゃん？　でも、ウィルの場合はいつ尿が出ても可笑《おか》しくないように常に出しておこうみたいな感じがする」

「え、えぇ？　全然分かりません」

「つまり、今は生きていたのを誇るべきってこと。心配して深く考えるのも良いけどずっとやってたら疲れちゃうしさ。今は強い魔族が眼の前に居たのに助かった、全部丸く収まったって事を喜んでおけばいいのさ」

「……そうでしょうか？」

「そうだよ。あんまり考え過ぎると疲れ溜《た》まって本当に力出したいときに出せないしさ。心配とか不安募らせるのは今しなくては良いと思うけどね」

「……はい、わかりました」

「君の幼馴染もそんな顔されちゃ、逆に心配しちゃうよ。ほら、取り敢《あ》えず笑っておけ」

「あ、あはっは」

下手糞《へたくそ》な笑顔を見せながらウィルは言われた通り、確かに気にし過ぎも良くないなと気持ちを切り替えた。

「それじゃ、僕はこの辺で……」

そう言ってバンは医務室から出て行った。彼が出ていくと入れ違いでタミカが入ってきた。

彼女にはことの顚末を全てバンから言われた通りに話した。

「そうか……結局何もできなかったってことかよ……」

「その、考え過ぎは良くないよ？　今は生還を喜ぶべきと言うか……」

自身が強敵に屈してしまった事に対して若干ネガティブになった彼女に、ウィルは先ほど自分が言われたように声をかける。

「勇者の子孫であるアタシが何も戦果がないとは片腹痛い」

「え、えっと僕も戦果ないし」

「……」

「結局、勇者ダンが全部終わらせてくれたらしいし」

「発展途上、クソ、腹立つ。何も持ってねぇのかアタシは……」

捨て台詞《すぜりふ》を吐いて、彼女は医務室を出て行った。若き戦士はいずれ、大きくなる。今回の一幕はその予兆だった。

◆◆

バンはウィル達と離れて城下町を見渡していた。多少の侵攻の惨状が残っているがいたって平和であった。特に何ともないらしく、彼は何処《どこ》かで昼ごはんでも食べようかなと考えていた。

「あの……そこのあなた」

「はい？　……あ、第一王女の方ですよね」

「はい、この妖精国フロンティア、第一王女、レイナ・フロンティアです」

リンに少し似た眼《め》つきのエルフがバンに話しかけてきた。バンは鉄仮面を被った状態であるが何度も見たことがあったので直《す》ぐに彼女の正体が分かった。だが、今は自身はただの冒険者、俺様系ではなく下からの身分で話しかける。

「第一王女の方が俺、私になんの御用でしょうか？」

「はい、ワタクシの妹であるリンリンをここまで運んでくれた貴方《あなた》にお礼がしたくて声をかけさせてもらいました」

「お気になさらず」

「いえいえ、是非お話を……お城までご同行お願いできないでしょうか？　リンリンも貴方ともう一度お話がしたいと言っております故」

「え、ええ？　まぁ、はい……」

そう言われたら断るわけにはいかない、とバンは彼女と一緒に城に入って行った。何度も見たなぁと思いながらもとある部屋に入った。そこには大きな豪勢なベッドが置いてあって、その上ではリンが布団の上に座り、掛布団をかけていた。

いつものツインテールはほどいて、綺麗《きれい》な髪が下ろされている。彼女のベッドのそばにはリンリンの兄であるレイリーと、母であるラームが座っていたが、バンに気付くと二人して立ち上がった。

「いやいやいや、君が私の妹を運んでくれたバン君だね。いやいやいやいや、本当にありがとう」

「いえ、別に運んだだけなので」

「いやいやいやいや、それでもありがたい。リンリンから聞いたよ。偶々《たまたま》ピンチの所に、偶々勇者ダンが現れて、四天王を彼が倒したところに偶々君が現れて、勇者ダンが魔王を倒しに行くので代わりにここまでリンリンを運んだって」

「そうですね」

（リンはそういう風に誤魔化《ごまか》してくれたのか、なるほどね）

「報奨金をださせてくれ」

「いえ、そういうのいらないです」

「おや、どうしてなんだい？」

「あー、お金貰《もら》ったとか噂《うわさ》になると面倒な感じが……俺、そろそろ結婚したくて相手を探しているのですが、お金目当てに来られそうでちょっと……そういうのじゃなくて真実の愛を探したいんです」

「意外とロマンチストなんだね」

（もう、散々この国からはむしり取っているからな。事あるごとに貰っているし……正直、今更貰《もら》いたいとも思わない）

「しかし、お礼がしたい……結婚相手を探していると言ったね？　私の知り合いの貴族の妖精族を紹介しようか？　皆、可愛《かわい》いけど」

「お兄ちゃん、もういいからあっち行ってて」

リンの兄であるレイリーがバンに女性を紹介すると言った直後、呆《あき》れたように後ろからリンが声を発した。

「ママもお姉ちゃんも、ちょっと二人で話したいから席外してくれない？」

母にも姉にも一度、席を外してもらうように彼女は頼んだ。そのままバンにベッドの近くの椅子に腰かけるように勧める。奇《く》しくも、以前旅をしていたころのように二人は向かい合うのだ。

「あー、ありがと。助けてくれて」

「いえいえ、こちらこそ黙って頂けたみたいでありがとうございます」

「約束だから言わないわよ」

「どうも」

「今日はこの後どうするの？」

「交流会に参加をしようと思ってます」

「え？　今日中止になったのだけど」

「え？　マジかぁ……うわぁ、こんなガッチリ決めて来たのに」

「残念だったわね。でも、また機会はあるからさ。落ち込まないで……」

「はい。切り替えます……」

そうは言っているが彼は眼を閉じて、天を仰いでいる。そんな彼に彼女は聞いた。

「バンって、強いのね。四天王一撃だなんて」

「……あ、確かにそう言われたらそうですねー」

「鍛えてたの？」

「そうですねー。そう言われたらそうかもしれないですねー」

「ふーん、どんな鍛え方してたの？」

「色々ですー」

眼を逸《そ》らして適当に話を流そうとするバンに、意外と分かりやすいなという感想を彼女は抱いた。

（鉄仮面を被っていたころは、表情なんて見たことなかったけど……意外と可愛《かわい》らしいようにも見えるような……）

（それに表情の変化も分からなかったけど、意外と安易に顔に出ちゃうタイプだったのね）

まじまじとバンを、ダンを見つめる彼女に不審を抱いたのか彼は僅かに冷や汗をかいていた。まさか、自分の正体が見破られているのかもと怪しむ。

「ダ……バンは交流会に参加して、結婚相手を探してるんだったわよね？　お母さんに言われたとかで……」

「そうですね。母がそろそろって言うので」

「へぇ、実家はどこら辺にあるの？」

「そう言うリンさんはどこなんですか？」

「ここだけど」

「あ、ソッカ……」

誤魔化《ごまか》そうとして意味のない会話をしてしまったり、鉄仮面を脱いでフツメンをさらしてしまった彼は弱い。リンは正体に気付いているが敢《あ》えて知らないふりをしてあげた。

「そうだ。全然関係ないけど、手見せてよ。手相見てあげる」

「え？　俺全然そういうの信じないんですけど」

「いいから、運試し的な感じで」

バンの手を取って、彼の手相を眺める。やはりと彼女は再度実感をした。

（ダンと手相が同じ……まぁ、本人だから当たり前だけど。昔、恋占いをするために勝手に見たことがあったのよねぇ……。まさかそれで本人の確認作業が出来るなんて）

「あれね。お見合いとかでは運命の人は見つからないってかいてあるわね」

「そんな極端な線ありますか？」

「うん、人からの紹介は止めておくのが吉ね。交流会で出会った人は全然大丈夫って書いてある」

「そんな細かくですか……へぇ、普段占いは全然信じないんですけど、リンさんがそう言うなら紹介は止めときます」

「それがいいわ」

「……」

「……」

彼女は手相を見終わったのにダンの手を放そうとはしていなかった。どうした？　と何となくで目線を送って彼女はようやく無意識で手を握ってしまっていたことに気付いた。

「あ、ごめん」

「いえ、別に謝る事ではないかと」

「……バンの手があまりにゴツゴツでさ、ビックリしちゃったの……」

「なるほど」

「最早《もはや》、ダイヤモンドね。そこになるまで大分……いえ、なんでもないわ。引き留めちゃって悪かったわね」

「全然、会話楽しかったですし。では、また」

「うん……またね」

悲しい気持ちを隠すように彼女は無理に笑った。本当はもう少しだけ、話がしたかったのに彼女は我慢をした。

勇者が居なくなった部屋にリンは一人、ぼぉっと何事もなくなったように空を見た。そこに彼女の母親であるラームが入室をした。

「勇者は帰ったのか？　リン」

「……ッ。ママ、気付いてたの？」

「うむ、だがあれを初見で見破れと言うのは無理があるというもの。わらわはリン、お主のバンという冒険者に向ける眼を見て、そう思っただけじゃ」

「……あぁ、そういうことね。このこと誰にも言わないでね。ダンとの約束なの」

「それは構わないが……良いのか？　好きな男をこのまま放置しても。無理やりにでも囲ってしまえばよいと思うがの？　婚約でもなんでも素顔が割れているなら押し切れるはず」

「そうはいかないでしょ、それはダンの意思に反するわ」

「ふむ？　勇者の意思とな？」

そう言いながらリンはベッドの上から腰を上げて窓に駆け寄り、外の景色を眺める。黄金色の夕日が差し込み彼女を照らす。

「どうして、ダンがバンなんて名前を使って一から冒険者なんてしてると思う？　それに、どうして結婚相手とか探してるのかしらね？」

「さぁの？」

「……きっと、ダンは疲れちゃったのね。アイツは誰よりも強いから……頂点から全部見えてしまったのよ。それでアイツだから分かったの。いくら強くなっても自分は所詮一人の人間だって」

「……ふむ、一人の人間か。頂点からすべてを見たからこそ分かる、俯瞰《ふかん》的な視点による一種の悟りか」

「魔王とか、他にも悪い奴《やつ》もそうだけどさ。大体、強くなって調子に乗る奴って自分を過大評価して、自分は世界に選ばれたから好き勝手にしていいみたいなのが多い。でも、ダンは違った」

「常に己が一人の人間であると悟っていたと？」

「うん。だから、悪さとかもしなかったのだと思う。力に溺れることも無かった。所詮自分はいくら強くなっても小さな器を持っている一人の人間って、最強の力を持っているから自覚してたのよ」

「なるほど、ようやく分かった。今までの魔王と勇者ダンの違いが……魔王は己を偉大な存在だと理解して強くなるに至った者、勇者ダンは庶民のまま最強になった者。同じ力を持つ者でも、後者は人に寄り添えるというわけじゃな」

「うん、だから、ずっと隣で歩み寄ってくれていたのね」

リンは窓の外を見ながら思い出した。初めて出会った時の事、何度も口げんかをした時のことも、初めて意識をした時も、恋を自覚したときも、いつも彼は平等で彼女を神の子としても、エルフの王族としても見ていなかった。

「でも、庶民だから疲れちゃうわよね……ずっと色んな人から期待されてしまうのは。だから、もう普通になりたかったのでしょ？　運命の人とか、結婚とか分かりやすい幸せを摑《つか》みたかったのよね……」

彼女の視界にある人物が映る。城から出て行く、ツンツンヘアーの青年だった。彼が求める普通を彼女は尊重しようと思った。

勇者という枠ではなく、ただ一つの幸せを求める庶民としての彼を彼女は……。

「またね、ダン……また、会いに行くから……」

彼女の声が聞こえたわけではないが、ダンは何となく振り返って、遥《はる》かに上の部屋で自身を眺めるリンと目が合った。ぺこぺこ普通の青年のように頭を下げて彼は去っていく。

彼女は軽く手を振って、彼に思いを馳《は》せた。

「今度はアタシが……普通の貴方《あなた》に寄り添える日が来るように」

あとがき

初めまして、流石《さすが》ユユシタと申します。

webの時から応援してくれている方はいつもお世話になっています。

さて、話は変わるのですが今作品はいかがでしたか？　面白いと思っていただければ幸いです。

本作品が世に出るまでは、色んな方にお世話になりました。

先《ま》ずはこの作品に声をかけてくれた編集の方には本当に感謝しています。また、それはwebの時から応援してくれていた皆さんのおかげでランキングに載ったりしていたからだと思いますので、読者の皆さんも本当にありがとうございます。あと、イラストを描いてくださったイラストレーターさんにも本当に感謝しかありません。

私自身もここまでこられた事に感動しています。これからも頑張ります！

さてさて、また話が変わるのですが、私は今回で三作品目の書籍化になります。その度に、あとがきに何を書いて良いのか分かりません。マジで分かりません。ですので、こうして、文字数を埋めながら何を話せば良いのか考えています。

さてさてさて、何を話せば良いのかちょっと考えてみたいと思います。先ずはイラスト、挿絵、超絶に可愛《かわい》いですよね。特にリンリン。

リンリンというキャラをここまで可愛く描いていただき本当に幸せです。小説に絵がつく瞬間は感動ですし、何よりも文字の羅列であったキャラクターに絵がつく事でイメージがしやすくなったりと良い事しかありません。作者としてもキャラが明確に浮かぶ事によって、物語が書きやすくなったりもします。

イラストレーターさんとは私は話していないのですが、私が書いた小説からここまでイメージを広げて高次元にまとめられる技量に感服するしかありませんでした。皆さんもそう思ったこと間違い無いと思います。

さてさてさて。話は変わるのですが、最後にどうして、私が本を書いているのかということと、目標について言いたいと思います。

私は最初は承認欲求を満たすために書いていました。今でもその気持ちはあります。だけど、続けていくうちに応援してくれている方の暇つぶしになって欲しいと思うようになりました。

知り合いなどが毎日必死になって働いているのを見て、少しでも良い暇つぶしを提供したいと感じ、今はその気持ちで書いています。

この作品や私の他の作品も含めて、少しでも皆さんの良い暇つぶしになればと思います。

では、そろそろ、今回は去らせていただきます。ではまた。

『君《きみ》は勇者《ゆうしゃ》になれる』才能《さいのう》ない子《こ》にノリで言《い》ったら覚醒《かくせい》したので、全部《ぜんぶ》分《わ》かっていた感出《かんだ》した

著　流石《さすが》ユユシタ

角川スニーカー文庫　23884
2023年11月1日　初版発行

発行者　山下直久
発　行　株式会社KADOKAWA
〒102-8177 東京都千代田区富士見2-13-3
電話　0570-002-301（ナビダイヤル）

印刷所　株式会社暁印刷
製本所　本間製本株式会社

◇◇◇

●お問い合わせ
https://www.kadokawa.co.jp/（「お問い合わせ」へお進みください）
※内容によっては、お答えできない場合があります。
※サポートは日本国内のみとさせていただきます。
※Japanese text only

Printed in Japan　ISBN 978-4-04-114232-5　C0193

★ご意見、ご感想をお送りください★
〒102-8177 東京都千代田区富士見 2-13-3
株式会社KADOKAWA　角川スニーカー文庫編集部気付
「流石ユユシタ」先生「徒歩」先生

角川文庫発刊に際して

角川源義

第二次世界大戦の敗北は、軍事力の敗北であった以上に、私たちの若い文化力の敗退であった。私たちの文化が戦争に対して如何に無力であり、単なるあだ花に過ぎなかったかを、私たちは身を以て体験し痛感した。西洋近代文化の摂取にとって、明治以後八十年の歳月は決して短かすぎたとは言えない。にもかかわらず、近代文化の伝統を確立し、自由な批判と柔軟な良識に富む文化層として自らを形成することに私たちは失敗して来た。そしてこれは、各層への文化の普及滲透を任務とする出版人の責任でもあった。

一九四五年以来、私たちは再び振出しに戻り、第一歩から踏み出すことを余儀なくされた。これは大きな不幸ではあるが、反面、これまでの混沌・未熟・歪曲の中にあった我が国の文化に秩序と確たる基礎を齎らすためには絶好の機会でもある。角川書店は、このような祖国の文化的危機にあたり、微力をも顧みず再建の礎石たるべき抱負と決意とをもって出発したが、ここに創立以来の念願を果すべく角川文庫を発刊する。これまで刊行されたあらゆる全集叢書文庫類の長所と短所とを検討し、古今東西の不朽の典籍を、良心的編集のもとに、廉価に、そして書架にふさわしい美本として、多くのひとびとに提供しようとする。しかし私たちは徒らに百科全書的な知識のジレッタントを作ることを目的とせず、あくまで祖国の文化に秩序と再建への道を示し、この文庫を角川書店の栄ある事業として、今後永久に継続発展せしめ、学芸と教養との殿堂として大成せんことを期したい。多くの読書子の愛情ある忠言と支持とによって、この希望と抱負とを完遂せしめられんことを願う。

一九四九年五月三日

このすば
暁なつめが描く、
もう一つの異世界コメディ!
暁なつめ
NATSUME AKATSUKI
ILLUSTRATION
カカオ・ランタン
KAKAO LANTHANUM
戦闘員、派遣します!
COMBATANTS WILL BE DISPATCHED!
シリーズ好評発売中!
全世界の命運は——
悪の組織に託された!?
特設サイトは▼コチラ!▼
スニーカー文庫

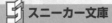

すめらぎひよこ
ep.1
illustration
Mika Pikazo
background painting
mocha
魔王城、
燃やしてみた
我が焔炎に
ひれ伏せ世界
12年ぶり「大賞」受賞作!
最強爆焔娘の
異世界コメディ!
(あわよくば何か燃やしたい……)という欲求を抱いていたホムラは異世界へと招かれる──。燃やすことこそ大正義! 焼却処分はエクスタシー!! 圧倒的火力で世界を制圧していく残念美少女ホムラの行く末は!?
第27回
スニーカー大賞
大賞
スニーカー文庫
The Devil's Castle, Burning
By my flame the world bows down
スニーカー文庫

入栖
—Author
Iris
神奈月昇
—Illust
Noboru Kannnatuki
マジカル☆エクスプローラー
—Title
Magical Explorer
エロゲの友人キャラに転生したけど
Reincarnated as a Eroge Hero's Friend,
ゲーム知識使って自由に生きる
I'll live freely with my Eroge knowledge.
知識チートで
二度目の人生を
完全攻略！
特設ページはコチラ！
スニーカー文庫

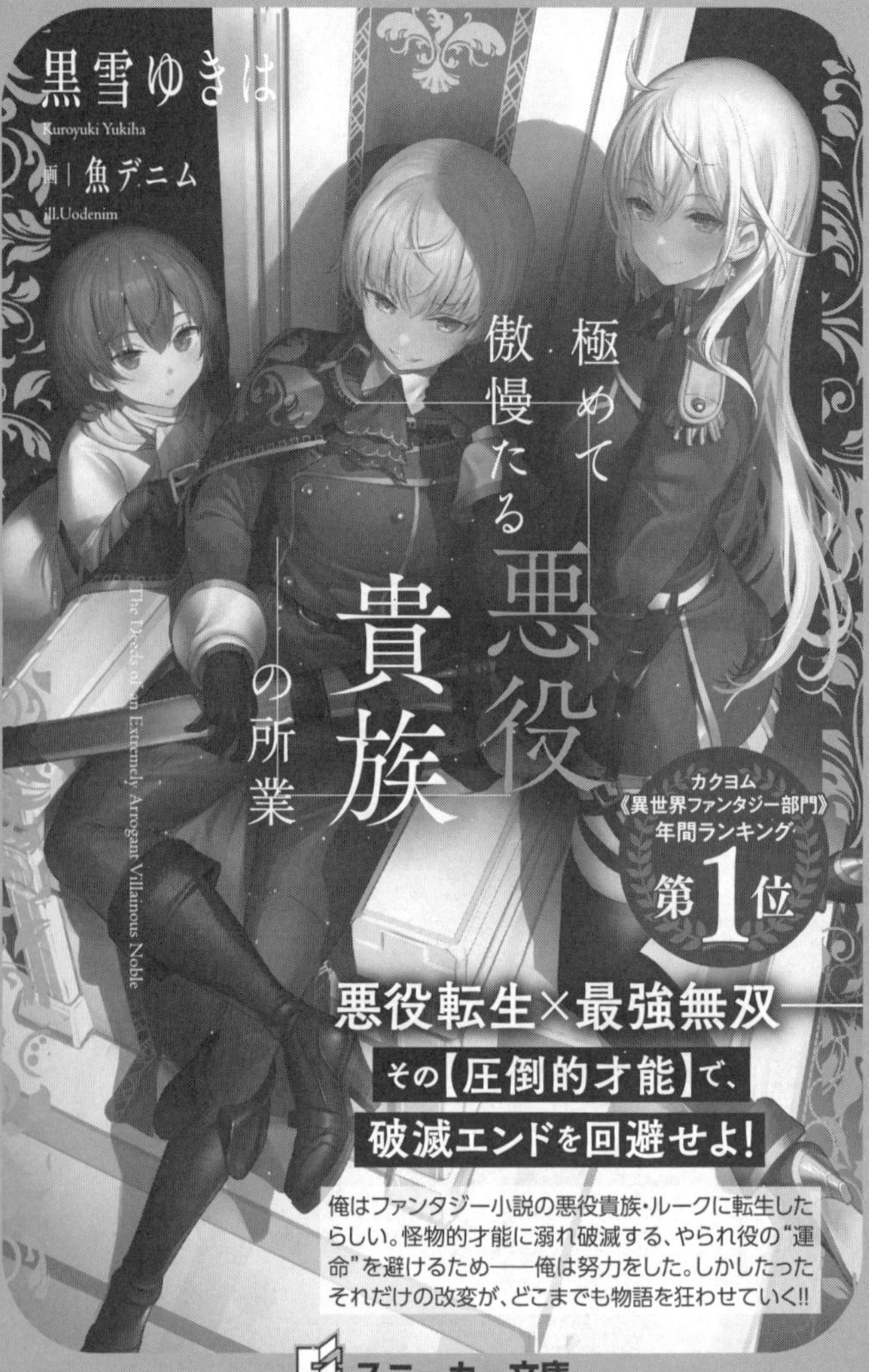
黒雪ゆきは
Kuroyuki Yukiha
画｜魚デニム
ill.Uodenim
極めて傲慢たる悪役貴族の所業
The Deeds of an Extremely Arrogant Villainous Noble
カクヨム
《異世界ファンタジー部門》
年間ランキング
第1位
悪役転生×最強無双――
その【圧倒的才能】で、
破滅エンドを回避せよ!
俺はファンタジー小説の悪役貴族・ルークに転生したらしい。怪物的才能に溺れ破滅する、やられ役の“運命”を避けるため――俺は努力をした。しかしたったそれだけの改変が、どこまでも物語を狂わせていく!!

スニーカー文庫

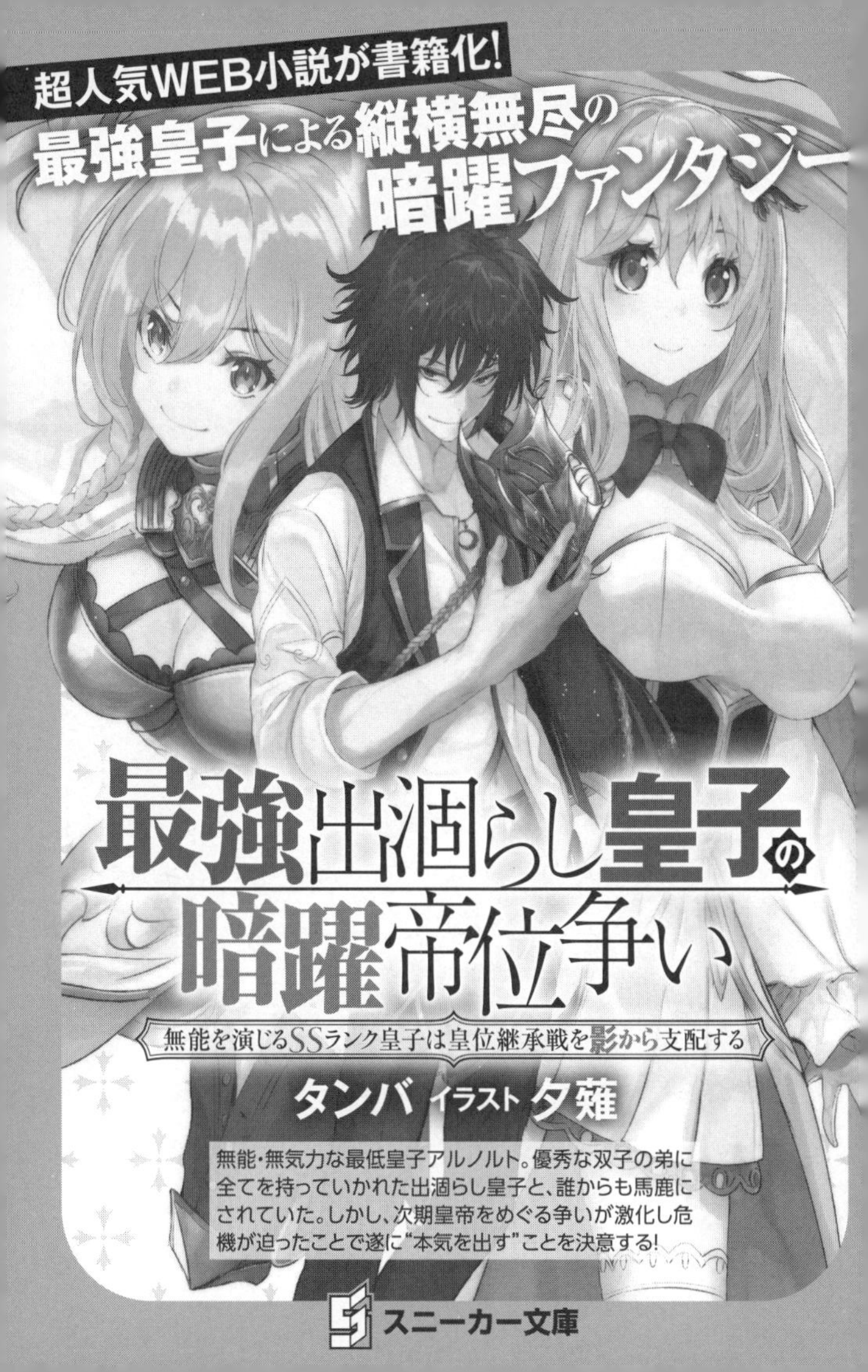

超人気WEB小説が書籍化!
最強皇子による縦横無尽の
暗躍ファンタジー
最強出涸らし皇子の
暗躍帝位争い
無能を演じるSSランク皇子は皇位継承戦を影から支配する
タンバ イラスト 夕薙
無能・無気力な最低皇子アルノルト。優秀な双子の弟に全てを持っていかれた出涸らし皇子と、誰からも馬鹿にされていた。しかし、次期皇帝をめぐる争いが激化し危機が迫ったことで遂に“本気を出す”ことを決意する!
スニーカー文庫

世界最高の暗殺者、異世界貴族に転生する
The world's best assassin, To reincarnate in a different world aristocrat
月夜 涙
画 れい亜
"伝説の暗殺者"、異世界で無双
最強×無敵の
アサシンズ・ファンタジー──!
特設サイトは▼コチラ!▼
世界一の暗殺者が、暗殺貴族の長男に転生した。現代であらゆる暗殺を可能にした知識と経験、そして暗殺者一族の秘術と魔法。その全てが相乗効果をうみ、彼は史上並び立つ者がいない暗殺者へと成長していく!!
スニーカー文庫

真の仲間じゃないと勇者のパーティーを追い出されたので、
辺境でスローライフすることにしました
Banished from the brave man's group, I decided to lead a slow life in the back country.
ざっぽん
illust.やすも
お姫様との幸せいっぱいな
辺境スローライフが開幕!!
WEB発超大型話題作、遂に文庫化!
コンテンツ盛り沢山の特設サイトはコチラ!
シリーズ好評発売中!
スニーカー文庫

時々ボソッと
ロシア語でデレる隣のアーリャさん
Милашка❤
story by sun sun sun
illustration by momoco
燦々SUN
イラストももこ
ただし、彼女は俺が
ロシア語わかる
ことを知らない。
特設サイトは
▼こちら!▼
スニーカー文庫

「私は脇役だからさ」と言って笑う
そんなキミが1番かわいい。
クラスで2番目に可愛い女の子と友だちになった
たかた ［イラスト］日向あずり
第6回
カクヨム
Web小説コンテスト
特別賞
ラブコメ部門
『クラスで2番目に可愛い』と噂の朝凪さん。No.1人気の天海さんにも頼られるしっかり者の彼女は……金曜日の放課後だけ、俺の家に遊びに来る。本当は無邪気で甘えたがり。素顔で過ごす、二人だけの時間。

スニーカー文庫

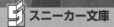

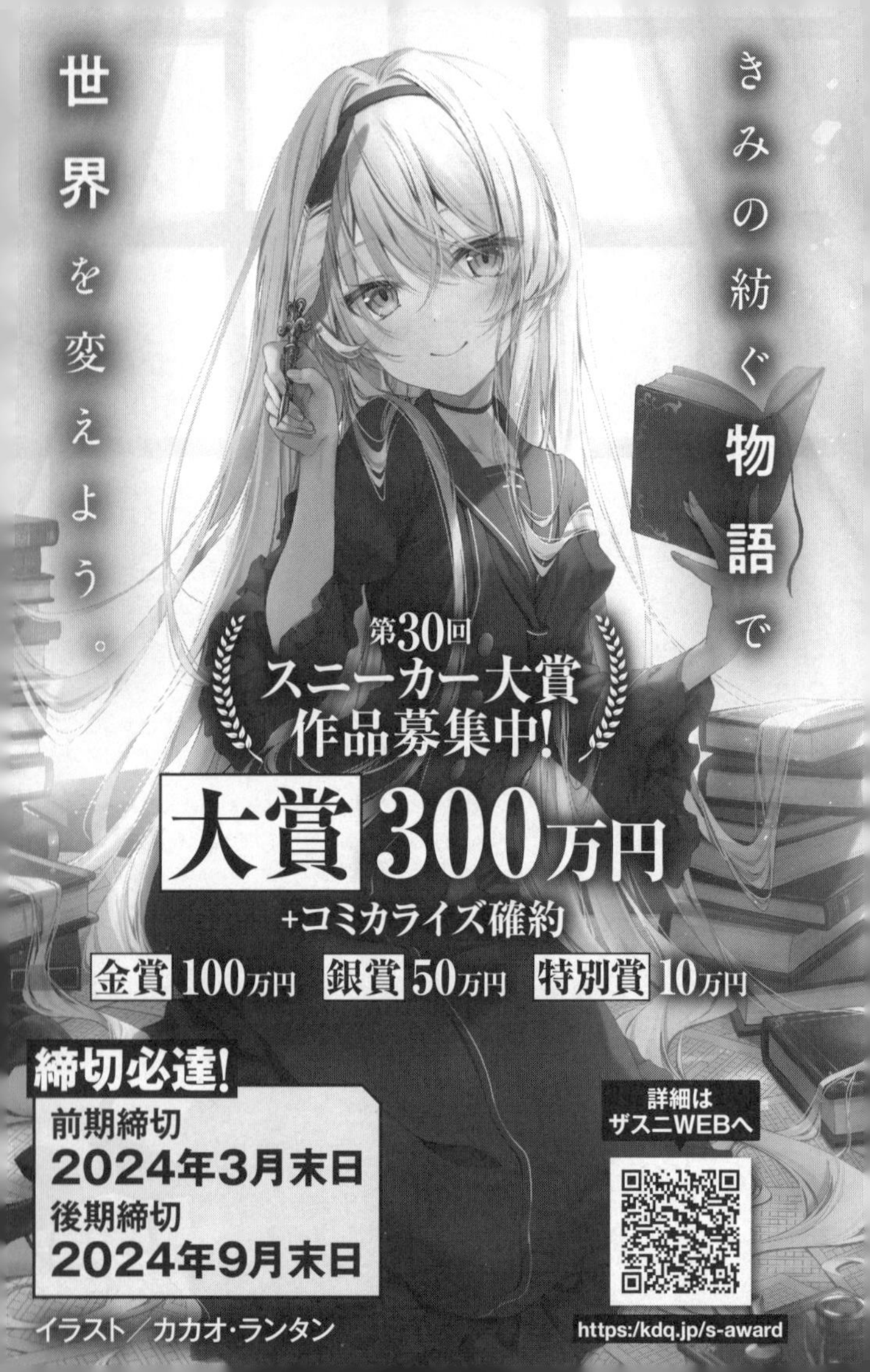

きみの紡ぐ物語で
世界を変えよう。
第30回
スニーカー大賞
作品募集中!
大賞 300万円
+コミカライズ確約
金賞 100万円
銀賞 50万円
特別賞 10万円
締切必達!
前期締切
2024年3月末日
後期締切
2024年9月末日
詳細は
ザスニWEBへ
https://kdq.jp/s-award
イラスト／カカオ・ランタン